수필U시간 동인작품집 1

바다 건너 당신

수필U시간 동인작품집 1

바다 건너 당신

곰곰나루

'바다 건너 당신'으로 만나기

코로나 시대, 가까운 곳에 있는 사람을 만나지 못하게 되었지만 우리는 오히려 먼 곳에 있는 사람들과 소통하게 되었다.

2020년 5월 16일 토요일 오후 2시(한국 기준), 몇 대륙에 흩어져 사는 수필가들이 처음으로 원격 모임을 가졌다. 격주 진행으로 1년 반 넘어, 2022년 1월 현재 총 30회를 넘긴 상태다. 처음에는 넷이었는데 곧 다섯이 되었고, 시간도 일요일 오후 2시로 옮겼다. 다섯 동인은, 한국을 중심으로 하면 동쪽이 둘(미국 서부의 김홍기, 정동순), 서쪽이 하나(오스트리아 빈의 홍진순), 남쪽이 둘(호주 시드니의 김미경, 유금란)로, 그 시차가 각각 -16, -8, +1 시간이다.

기성 수필을 함께 읽는 순서와 자작품 발표 합평이 주 내용이고, 테마(음식, 바다, 신발 등)를 정해서 과제하듯 창작하고 이를 품평하는 일도 여러 번이었다. 바쁜 일정 때문에 도중에 한 주씩 미루는 일도 있었다. 한 분은 코로나19에 감염돼 격리된 곳에서 투병했고 완치 판정을 받고도 후유증에 시달리는 과정을 겪기도 했다. 그런 동안에도 대개는 어김없이 빡빡하게 진행했다.

수필은 분량의 부담이 덜한 장르라 해도 2주에 1편을 써서 내는 거면 여간 힘겨운 게 아니다. 그런데도 그걸 거의 해냈다. 서로 다른 생장, 서로 다른 이주 환경, 각각 아주 다른 글 내용, 그러나 모국어와 모국문학을 향한 매우 유사한 열정, 원격시대가 아니면 맺어지지 않았을 인연이 안겨준 이상한 신뢰 등등으로 동병상련을 지나 동지의식이라는 것까지 커졌다. 당연한 일인 듯 누군가 동인 결성과 동인지 발간이라는 묵직한 제안을 했고, 모두 동의해 동인의 공식 출범을 이렇게 동인지 창간으로 드러내게 되었다.

동인지 형식도 작품만 나열하는 정도에 그치지 않고 동인 각각의 문학적 체험이나 나아가 다른 동인에 대한 기대 같은 것도 담아 보기로 했다. 수필은 수필대로 뒷얘기는 뒷얘기대로 재미있고 유익한 읽을거리가 되지 않을까 기대해 본다.

우선 다섯 동인의 이력을 간단히 적는 것으로 이 동인지의 첫 장을 연다.

김미경(金美卿)

호주 시드니 거주. 경기도 파주에서 유년시절을 보내고 의정부에서 성장. 고등학교 졸업 후 한국전력 근무. 스물셋에 결혼, 아이 둘 연이어 출산. 남편이 경영하는 금은방 일을 도우며 거의 전업주부로 지냄. 1998년 호주 시드니로 이주. 이민초기 가발가게, 토산품점, 양말가게 등 경영. 현재 쇼핑센터 주방용품 가게에서 판매원으로 일하고 있음. 2009년 『문학시대』 가을호 신인상으로 등단. 2015년 『배틀한 맛을 위하여』 출간. 시드니 한인 문인들이 함께 하는 문학동인 캥거루 회원.

김홍기(金洪基)

미국 LA 남쪽 아르테시아 거주. 해남에서 태어나 중학교를 마친 뒤 광주에서 살게 됨. 2002년 도미. 커뮤니티 칼리지에서 Smog Check License 과정 수료. LA 근교 사우스게이트에서 자동차 매연 검사소 운영. 2017년 정비소 규모를 늘려 파라마운트시로 이사해 Likeautobody Inc를 경영하고 있음. 2019년 『미주한국일보』 문예공모전에서 수필 당선. 같은해 격월간 『에세이스트』 신인상 등단. 오렌지카운티에서 한인문학 모임 오렌지글사랑을 함께 하고 있음.

유금란(柳琴蘭)

호주 시드니 거주. 강화 출생, 인천에서 성장함. 인하대 국문과를 졸업하고 잡지사 근무. 2000년 남편 직장을 따라 호주 시드니로 이주. 아이들이 성장할 때까지 전업주부로 지냄. 2015년부터 장애우들이 일하는 회사인 DSA(Disability Services Australia)에서 근무하고 있음. 2008년 『조선문학』 신인상에 수필로 등단. 산문집 『시드니에 바람을 걸다』(문학관, 2015년) 출간. 11회, 16회 재외동포문학상 수필 부문 입상. 동서문학상 시 부문 입상(2018). 2021년 동주해외신인상으로 시 등단. 문학동인 캥거루 회원.

정동순(丁東順)

미국 시애틀 거주. 전남 곡성 출생, 부산에서 학창 시절을 보냄. 부산 교대 졸업. 서울교대 대학원 석사. 초등학교 교사로 9년 재직. 2000년 남편의 고향인 미국 시애틀로 이주. 도서관에서 근무하다, 현재 페더럴 웨이 교육구의 고등학교에서 한국어와 수학을 가르치고 있음. 2010년 '시애틀 신인문학상' 수필 부문 우수상을 받은 것을 계기로 수필 공부를 시작. 2012년 『미주중앙일보』 신인문학상 수필 대상. 월간 『수필과

비평』 신인상. 수필집 『어머, 한국말 하시네요』(수필과비평, 2018)를 냄. 한국문인협회 및 시애틀문학회 회원.

홍진순 (洪眞順)

오스트리아 빈 근교 거주. 경북 의성 출생. 대구에서 고등학교와 간호사관학교를 다님. 5년의 의무복무를 끝내고 1981년 독일로 취업 이민. 이듬해 오스트리아 빈으로 이주, 5년간 빈 대학병원에서 근무. 안과 의사인 오스트리아 인과 결혼해 2남 1녀를 낳아 기르며 전업주부로 지냄. 2012년 빈의 한인문화회관에서 한 목사님의 글쓰기 강좌로 시작한 한인여성문우회에 참여, 모국어 글쓰기 공부를 시작. 2019년 『한겨레문학』 창간호에 신인상으로 등단. 현재 오스트리아 한인문우회 회원으로 활동 중.

2022년 1월
김미경, 김홍기, 유금란, 정동순, 홍진순 함께 씀

* 수록작품 중 발표작은 발표 지면을, 이전에 발표하지 않은 신작은 집필 연도만 작품 끝에 밝혔다.

김미경

김홍기

유금란

정동순

홍진순

차례

등단작

노인이 된다는 것

김미경

지갑을 꺼내는 노인의 손이 연신 떨리고 머리도 조금씩 흔들렸다. 잘 다물어지지 않는 입에서 흘러나온 침이 입술 끝에 매달리는데, 서툰 손으로 느릿느릿 돈을 펼친다. 돈을 내게 건네기 전에 곧 침이 떨어질 것 같다. 서둘러 빼앗아 받을 수도 없고 어쩌지 하는 순간, 침방울이 돈으로 뚝 떨어진다. 노인은 민망함에 얼굴이 뻘게진다. 나는 얼른 받아 슬쩍 앞치마에 닦으며 웃었다. 그러나 입에선 다시 침이 흘러내리고 턱 주변은 이미 벌겋게 헐어 있다. 침으로 범벅이 된 턱을 닦아 드리고 싶지만, 워낙 무안해하니 그것도 어렵다. 저분도 젊었을 적에는 훤칠한 키에 꽤 멋졌을 텐데, 노인이 되어 몸이 불편해지고 보니 당신도 이런 상황들이 감당되지 않으리라.

작은 쇼핑몰에 있는 우리 가게는 유난히 노인 손님이 많다. 차를 타고 조금 더 나가면 큰 쇼핑몰도 있지만, 굳이 그곳까지 가지 않고 동네 가깝게 있어서인지 가게의 주고객은 노인들이다. 그들은 절로 관찰대상이 된다. 특히 2주에 한 번, 노인연금이 나오는 날은 그 작은 쇼핑몰이 할아버지 할머니들 차지가 되어 관찰할 범위가 그만큼 늘어난다. 하긴 그들은 그런 걸 아랑곳하지 않는다. 어쩌면 더 많이 관찰해 주기를 바라는지도 모른다.

이 나라 노인들이 나이 들어도 그나마 다행인 것은 복지제도가 잘되어 있어서 자식들이 주는 용돈에 턱을 괴지 않아도 된다는 것이다. 몸도 불편해지고 또 경제적으로까지 힘들어진다면 마음도 위축되고 얼마나 서글픈 일인가. 물건을 사고 바쁘게 돌아서는 젊은 사람들과는 달리 노인들은 이야기를 많이 하고 싶어 한다. 셈을 치르면서 인사로 한두 마디 건네도 지난밤에 키우던 개가 새끼를 낳았다는 등의 생활 이야기가 길게 쏟아져 나온다. 지갑 안엔 젊었을 적 모습의 사진이나 가족사진이 끼어 있는데 그 예쁜 여인이 누구냐 물어보면 수줍게 웃으며 친절하게 설명을 해준다. 지난 시절 자신의 이야기를 할 때 노인들의 눈은 빛이 난다. 쇼핑하러 나올 때도 비싼 옷은 아니지만, 조화를 맞춰 단정하게 입는다. 호주에서 가장 옷을 잘 입는 층은 노인들이란 생각이 든다.

올해 나는 오십이 되었다. 한평생의 절반은 훨씬 넘은 셈이다. 그러나 아직 오십이라는 나이에 아직 적응을 못하고 있다. 거울을 볼 때나 길을 걷다가 쇼윈도에 비친 내 모습을 보면 낯설고 거북하다. 마음속으로 기억하는 나는 아직 파릇한 청춘인데, 실제의 나는 건조하고 두루뭉술

한 중년 아줌마다. 딸아이와 쇼핑을 하러 가서 옷을 고르다 푸른빛의 옷을 보며 "나도 이런 하늘하늘한 푸른빛의 원피스를 입고 밖을 나가면 사람들에게 눈이 부시다는 소리를 들었는데." 했더니 딸아이가 "엄마도 그런 적이 있었어?" 한다.

이제 내게 어울리는 빛깔은 푸른색이 아니라 낙엽을 닮은 갈색이다. 게다가 이즈음엔 눈에 거슬리는 것이 부쩍 많아졌다. 아이들의 사소한 말이나 행동에 기분이 언짢아져서 지난 시절을 떠올려 비교를 한다. 좋은 말로 말한다는 것이 어느 사이 잔소리로 바뀌게 되고 그 잔소리와 함께 굳어지는 내 고집은 가끔은 사람들 사이를 어색하게 만든다. 어른이라는 자리는 듣기 싫어하는 말도 옳다고 생각하면 해야 하지만, 분위기를 흐리면서까지 하는 말이 과연 좋은 말일까? 그렇다면 노인이 되어서 고립되지 않으려면 지금부터 타협하는 관계로 가야 할까? 아무래도 나는 고집불통 노인이 되는 것은 아닌지 모르겠다. 닫힌 마음으로 하는 말은 아무리 유익하더라도 약이 될 수 없다.

노인이 된다는 것은 인생의 응달로 들어서는 것이 결코 아니다. 이제부터라도 자꾸 옹졸해지는 마음을 비우고 따뜻해지자고 다짐을 해본다. 젊었을 때는 내가 가진 것에 대한 만족을 몰랐다. 좋은 것은 늘 아쉬운 거라 그걸 깨달을 때는 이미 멀어져 있었다. 스무 살의 기억도 그랬고 또 서른의 기억도 그랬다. 내게는 오지 않을 것처럼 멀게 느껴졌던 마흔의 나이도 어느새 훌쩍 지나버리고 오십에 들어서니 '아 벌써 이렇게…' 하는 조바심이 든다. 그러나 나이라는 숫자만으로 미리 움츠릴 필요는 없다. 빛나는 것은 스무 살의 기억만이 아니다. 내가 서 있는 지금의 이 나이도 얼마나 좋은가. 어디에도 구속되지 않고 자유로워진 나이가 아닌가. 나는 이제 바다로 들어선 셈이다. 마음껏 유영하며 오십의 바다에서 건져 올릴 보물 탐색에 나서야 할 때다. 시간 없음을 핑계로 미뤄두었던 일은 차곡차곡 풀어 가면 될 것이고 하고 싶었던 일들도 이제부터 시작이다. 허둥대다 놓치지 않을 것이며 진정한 따뜻함을 나누며 살고 싶다.

얌전하게 빗은 머리에 곱게 화장을 한 할머니가 또 느릿느릿 가게로 들어온다. 아직도 한참이나 먼 크리스마스 선물을 벌써 준비하는 눈치다. 빼곡하게 적어둔 메모를 살펴보는 모습을 보며, '저분에게는 선물을 고르는 과정도 행복이겠구나!' 생각한다. 노인이 되어도 자신을 가꾸고 마음을 나누고 살 수 있다면 외롭지 않을 것이다. 어느 나이든지 빛나지 않는 나이는 없다. 셈을 치른 할머니에게 잔돈을 건네며 마음을 전하듯 손을 꼭 잡는다. ─ 2009년 『문학시대』 2009년 가을호 신인상 당선

열쇠가 지붕 위에 올라앉은 날

김홍기

우리는 애완견 푸들을 키우고 있다. 이 녀석은 산책을 무척 좋아한다. 식구들의 대화를 엿듣는지 산책이라는 단어만 나와도 귀를 쫑긋하고 펄쩍펄쩍 뛰며 흥분한다. 가끔 이 녀석을 위하여 내키지 않은 산책을 나설 때도 있다. 동네공원에서 개를 데리고 산책하는 주민이 많다. 공원에 가면 몸집이 커다란 저먼 셰퍼드부터 아주 작은 치와와까지 다양한 개와 주인을 만난다. 우리 개는 이들 개를 만날 때면 금세 싸울 기세로 덤빈다. 나는 이 녀석이 덩치 큰 개를 만나 혼이라도 나지 않을까 조바심과 염려를 하면서 산책하곤 한다.

한번은 목줄이 풀려버린 우리 개가 커다란 저먼 셰퍼드를 공격했다. 자기보다 몸집이 열 배도 넘는 송아지 같은 개였다. 개 주인도 나보다 덩치가 큰 히스패닉계 청년이었다. 키도 커서 농구선수 같은 사내였다. 그 개의 코 밑에서 온 힘을 다해 짖어대는 우리 개를 셰퍼드는 으르렁

거리며 같이 짖기도 하고 이빨을 드러내며 금세 덤빌 기세였다. 그럴수록 공격당하지 않을 거리를 유지하며 더욱 세차게 짖어대는 우리 개의 위세에 눌린 셰퍼드는 꼬리를 감추고 주인 뒤에 숨기 바빴다. 목숨 걸고 덤비는데 주눅이라도 든 건지, 목줄에 걸린 자신을 아는지, 덩치에 걸맞지 않게 꼬리를 감추는 셰퍼드를 보면서 이민 초기 혼자서 자동차 정비할 때의 일이 떠올랐다.

　이민 초기, 한국에서 경험했던 일을 해야 수월할 것 같아 자동차 매연 검사와 정비소를 시작하게 되었다. 정비소라 해봐야 규모가 작아 리프트 한 대에 매연 검사하는 컴퓨터와 작은 기계가 고작이었다. 시작한 지 오륙 개월이 지나니 제법 손님들이 찾아주어 수입도 안정되어 갈 즈음의 일이다.

　그날은 아침부터 손님이 없었다. 문 닫을 시간이 다가올 무렵에야 한 건장한 청년이 정비를 의뢰했다. 날도 저물어가고 서툰 영어로 설명하기 힘들어 그다지 하고 싶지 않았다. 덩치도 크고 팔뚝과 목덜미에는 문신이 가득해서 빨리 보내고 싶은 생각밖에 없었다. 검사해 보고 문제를 찾아 정비를 끝내고 청구서를 작성했다. 많지 않은 돈이지만 그래도 하루 허탕은 아니구나! 스스로 안도하며 고객에게 청구서를 내미니 험상궂은 표정을 하며 "너, 나 모르느냐"라며 금세 덤빌 기세로 화를 냈다. "누구냐"고 묻자, 자기는 이 동네에서 할아버지 때부터 살아온 토박이며 한 번도 돈을 내고 차를 고친 적이 없다며 그냥 가겠다는 심사였다.

차를 고쳤으니 당연히 돈을 계산해야 하며, 그렇지 않으면 차를 내줄 수 없다고 단호히 말했다. 그러자 그가 "너 여기서 비즈니스하기 싫어, 내 말 한마디면 많이 힘들 거야."라고 협박성 발언을 하며 큰 키로 나를 내려다보며 화를 냈다. 순간 여기서 포기하고 조용히 보내느냐, 아니면 끝까지 해 보아야 하느냐, 갈등이 일었다. 지금 당장은 이 상황을 끝낼 수는 있지만 앞으로 어떻게 이런 일들을 헤쳐 나갈까를 생각하니 눈앞이 캄캄했다.

아내와 아이들의 얼굴이 스쳐 지나갔다. 아메리칸 드림이라는 말이 떠올랐다가 사라졌다. 죽기 살기로 하지 않으면, 여기서 밀리면 끝장이라는 생각이 들었다. 결단이 필요했다. 돈을 계산하기 전에는 차를 내줄 수 없다고 얘기한 다음, 녀석이 보는 앞에서 자동차 키를 지붕 위로 던져버렸다. 그러고는 경찰에게 전화를 걸어 도움을 요청했다.

녀석이 좀 움찔하는 것 같았다. 그러더니 이내 길길이 뛰며 "너 목숨이 몇 개냐, 눈이 찢어져 안 보이냐?"며 온갖 협박을 했다. 영어가 짧은 나는 그게 욕이라는 것밖에 알아들을 수 없었다. 나는 사무실로 들어가 문을 잠그고, 경찰이 빨리 오기만을 기다렸다. 온몸에 전율이 느껴져 한기마저 들었다.

십여 분이 지났다. 이 친구 화가 조금 진정됐는지 아니면 경찰이 오는 게 두려웠던지 돈을 내밀며 키를 가져오라고 했다. 사다리를 꺼내 지붕으로 올라가는데 다리에 힘이 빠져 후들거렸다. 지붕에 올라가니 그간의 긴장이 풀렸는지 먼지투성이인 지붕의 골진 바닥에 주저앉아 버렸다. 고작 돈 90불에 이렇게까지 해야 하나 생각하니 가슴 한구석이 무너져 내렸다. 그간의 힘든 일들이 한꺼번에 밀려와 설움이 복받쳤다. 남의 땅에 살아갈 날이 아득하고 괜히 이민을 왔나 싶기도 했다. 자신이 한없이 처량했다.

그렇게 한참을 지붕에서 멍하니 앉아 있는데 이 친구 지붕으로 올라와 내가 불쌍했는지 조용히 껴안아 주면서 "아 엠 쏘리."라고 했다. 키를 건네주고 내려오니 그때야 경찰이 왔다. 이 녀석이 경찰과 잘 아는 사이인 듯 서로 인사하며 별일 아니라고 하자, 경찰은 나에게 진짜 별일 아니냐고 물었다. 작은 해프닝이 있었는데 이 친구가 도와주어 잘 해결됐다고 말해주었다. 경찰은 필요하면 또 연락하라며 명함 한 장을 주고 갔다. 고객과 경찰을 보내놓고도 나는 긴장이 풀리지 않아 멍한 정신으로 한참을 책상머리에 앉아 넋 놓고 있었다. 밖은 이미 어둠이 짙어지고 있었다.

그날 이후 이 친구는 우리 정비소를 지나며 아침저녁으로 손 인사를 하며 지나간다. 가끔은 내가 쳐다보든지 않든지 "헤이 마이 프렌, 해부 굿데이!"라고 소리치며 지나곤 한다. 그 후 우리는 친구가 되어 파티에도 초대받아 가서 대접도 받고 한국 바비큐 식당에도 초대해 교제하며 살고 있다. 이 친구의 아내도 무척 친절하여 쉽게 친해질 수 있었다. 정비소를 운영하며 고객과 분쟁이 생길 때면 이 친구의 도움을 받는다. 그리하여 십오 년 넘게 한곳에서 정비소를 운영하며 큰 다툼이나 문제 없이 잘해올 수 있었다.

5년 전, 다른 시티에 규모를 늘린 종합 정비소를 열어 이사했다. 이사

한 첫날 이 친구가 커다란 화분을 가져와 축하해 주었다. 그 후 자주 차를 공짜로 고쳐주었지만, 그때마다 그보다 몇 배 값진 선물을 받곤 했다. 지금도 가끔 서로의 안부를 묻고, 지나는 길이면 정비소에 들러 담소를 나누는 사이가 되었다.

요즈음도 공원 산책길에서 저먼 셰퍼드를 만나곤 하는데 녀석은 우리 푸들을 보면 못 본 척 외면한다. 죽기 살기로 덤벼드는 녀석 앞에 주눅이 들었던 모양이다. 그런 모습을 보면 '열쇠가 지붕 위에 올라앉았던 날'이 다시 떠오른다. ─ 2019년 『미주한국일보』 문예공모 당선

토씨를 바꾸면 행복해진다

유금란

방심하는 사이에 몸이 많이 불었다. 이제는 누군가의 착시 현상에 기대 옷으로 교묘히 부푼 몸을 감출 수 있는 단계는 넘어선 듯하다. 하지만 한치라도 날씬하게 보이고 싶은 마음이 인지상정인지라 거울 앞에서 보내는 시간은 갈수록 길어지고 있다. 문제가 있다면 누군가가 인사치레로 "그 나이에 아직도 날씬하네"라고 하면 '아직도'라는 단어를 믿고 슬그머니 당당해지는 현상이다.

여자치고는 어깨가 넓고 가슴이 작은 나는 사춘기 무렵부터 몸매 콤플렉스가 컸다. 마른 편이었는데도 가냘파 보이는 것이 아니라 강하고 든든해 보이기만 했다. 거기에 덤벙거리는 성격까지 더해졌으니 말괄량이 이미지를 벗어날 수가 없었다. 툭 치면 쓰러질 것만 같은 여리여리한 몸매에 생머리 휘날리며 보호본능을 자극하던 하이틴 소녀들의 모습은 애초부터 나와는 상관없는 일인 듯 멀기만 했다. 이런 내게 단번에 콤플렉스를 떨쳐낼 수 있는 사건이 일어났다.

단발머리를 벗어나 처음 맞은 여름, 동아리 활동을 하던 사진부원들과 제주도에서 촬영 여행 중이었다. 매끈한 모래 언덕이 있는 중문 해수욕장에서 하루를 마무리하고 있는데, 느닷없이 '올해의 미스 각선미'를 발표한다는 소리가 들렸다. 해마다 신입생을 상대로 선배들이 뽑는 이 행사는 동아리에서 내려오는 비공식 전통이라고 했다. 신입생들은 본인도 모르는 사이에 선배들에게 다리를 심사받은 꼴이 된 것이었다. 속을 알 수 없는 남자들의 시선이 다리에 꽂혔을 장면을 상상하니 다리가 간지러워지면서 불쾌해졌다(지금 같으면 페미니스트들의 공격대상이 되었을 것이다). 나는 뭔가 반응하면 관심이 있는 것처럼 보일까 싶어 부러 시큰둥한 척했다. 물론 상이 나와는 무관할 것이란 생각에 더 그랬을 것이다. 그러나 예상과 달리 그 상이 내게 돌아왔다.

설핏하게 지는 저녁 햇살을 등지고 서 있던 나는 상을 주며 '다리도 예쁘네'라고 덧붙이던 회장의 '~도' 소리에 그만 그 자리에서 실루엣이 되었다. 푸른빛인 줄만 알고 있던 바다가 붉은빛으로 변하고 있었다. 갑자기 넓은 어깨가 굵은 허리를 보완하는 착한 어깨가 되더니 납작한 가슴은 지적인 여성의 상징으로 둔갑했다. 등이 펴지고 치마가 한 뼘 올라갔다. '~도'라는 한 음절이 주는 시너지 효과에 캠퍼스가 넓어지고 하늘은 덩달아 높아졌다. 만일 그때 '다리만 예쁘네.'라고 했다면 그 상은 내게 모욕이 되었을 것이다. 행여 '다리는 예쁘네'라고 했어도 그 모호함 때문에 마냥 좋지만은 않았을 것이다.

요즈음 사춘기를 지나는 딸아이가 거울 앞에 있는 시간이 길어지고 있다. 딸은 평균보다 작은 키로 인해 부쩍 스트레스를 받는 눈치이다. 유난히 키가 작은 외할머니의 유전인자를 받았나 싶어 공연히 미안한 마음에 수시로 한마디씩 한다.

'넌 키*만* 작아.'

오빠에게 눌려서인지, 키가 작아서인지, 매사에 자신감이 없는 딸아이에게 우리 부부는 '~도'자를 입에 달고 산다. 그래서인지 딸은 한국말이 어설픔에도 불구하고 그 뜻을 충분히 헤아린다는 듯 환한 표정을 짓곤 한다.

'착하기도 하지, 예쁘기도 하지, 피부 색깔도 매력적이지, 공부도 잘하지, 피아노도 잘 치지, 키만 작아……'

이 아이에게 '~도'와 '~만'이란 토씨는 인생을 살아가면서 자신감과 열등감이란 갈림길 앞에 놓여 있는 이정표가 될지도 모르겠다.

'사람 나이 불혹이면 귀신도 알아봐야 한다.'라고 미당 서정주는 어느 글에선가 말했다. '~도' 자에서 한참을 머물렀다. 세상사 어느 정도 겪으면 이치를 꿰뚫는 통찰력은 물론이거니와 예상치 못한 일도 흘러가는 흐름 속에서 가늠할 줄 알아야 한다는 의미로 읽었다. '인과응보', '새옹지마' 같은 고전의 명언들이 삶의 지침서가 됨을 부정할 수 없는 것처럼, 세상의 이치는 누군가가 가르쳐 주지 않아도 본능적으로 터득되는 지점이 있다는 것이다.

이런 논리에 기대 나는 나름의 직관으로 결론 내기를 잘하는 편이다. 이런 나를 보고 종종 '말은 참 잘해'라고 하는 지인이 있다. 평소 대화도 많이 하고 이런 나의 성향을 좋아한다고 했는데, 여러 사람 앞에서 불쑥 이렇게 말을 하면 뒷맛이 개운치 않다. '말도 잘한다'는 의미는 아닌 것 같고, '말만 잘한다'는 쪽으로 해석되어 지기 때문이다. '은'이 가지고 있는 모호함에 걸린 것이다. 그래서인가 나는 그 사람 앞에 서면 말문을 닫게 된다. 내 나이 이미 40을 훌쩍 넘었건만 귀신은커녕 사람의 마음조차도 이리 가늠하기 힘든 것을 보면 사람이 귀신보다 신출귀몰한 모양이다.

그리스신화에 나오는 조각가 피그말리온은 백옥으로 아름다운 여인상을 조각했다. 세상 여인들에게서 사랑을 느낄 수 없었던 그는 그만 이 조각품과 사랑에 빠지게 된다. 조각 여인을 바라보며 정성으로 보살피던 피그말리온은 여신 아프로디테를 찾아가 자기의 사랑이 이루어지게 해 달라는 소원을 말하고 돌아온다. 어느 날 조각품을 끌어안았는데 체온이 느껴졌고, 입맞춤하는데 심장이 고동쳤다. 피그말리온은 자기의 정성으로 사람이 된 이 여인과 결혼해서 행복하게 살게 된다.

나는 오늘도 부지런히 작은 토씨 '~도'와 '~만'과 '~은'의 자리를 바꾸면서 피그말리온의 희망을 만들고 있다. 컴퓨터 게임에 열중하고 있는 12학년 아들을 향해 대뜸 '수험생이 게임만 하고 있니?'라고 소리치고 싶어지나, '수험생이 게임도 하네.'라고 말 바꾸기를 해 본다. 이것은 '도'라는 모종삽으로 네잎 클로버를 찾다가 진짜 보물을 줍게 되는 행운 게임이 될 것만 같아서이다. 언젠가 이 아이들이 누군가의 연인이 되어 있을, 그날을 기다리는 일이라 더 행복해진다.

— 2008년 『조선문학』 신인상 당선

헛간이 허물어졌을 때

정동순

어머니가 돌아가시고 몇 해가 지났다. 고향 집은 소라게가 빠져나간 껍데기가 썰물에 뒹구는 것처럼 쓸쓸하게 내버려져 있었다. 고향 집은 부모님의 흔적이고, 북적이며 자랐던 추억이 있는 곳이지만 바쁜 형제들에게 하루에 다녀오기엔 벅찬 거리였다. 결국 집을 개조하여 별장처럼 쓰자는 쪽으로 의견이 기울었다. 부엌방을 터서 뒤쪽으로 욕실을 넣고, 집 안에 있던 잡동사니 물건들을 치워서 방을 정돈했다는 사진을 받았다. 막내는 어머니 살아계실 때 이렇게 편리하게 고쳐 드렸으면 좋았을 걸 하며 눈물을 흘렸다.

하지만, 집을 수리할 때 미관을 해치고 쓸모없이 자리를 차지하고 있다는 이유로 헛간도 함께 헐렸다는 걸 알게 되었다. '어매, 어찌까. 제일 중한 것을 없애부럿네.' 헛간을 제일 크게 아쉬워한 사람은 진뫼의 도수 오라버니였다. 친형제는 아니지만, 도수 오라버니는 헛간에 있었던 아버지의 지게, 어머니의 물레 등 부모님의 땀이 뱄을 유품을 걱정했다.

헛간은 측간 때문에 좋든 싫든 매일 드나들어야 하는 곳이었다. 한낮의 이명 소리를 들으며 쭈그리고 앉아 오래된 누런 신문지의 글자들을 읽어 내던 어린아이가 거기 있었다. 땅속에 묻힌 커다란 독에 놓인 널판을 딛고 돌아서면, 무릎을 구부리고 앉아 되새김질하는 염소의 동그란 눈과 마주쳤다. 그리고 부고장이 든 누런 봉투를 꽂아두던 새끼줄이 어깨 언저리에서 흔들렸다. 건너편으로 볏짚으로 촘촘하게 엮은 닭 둥우리가 서까래에 매달려 있었다. 닭들은 둥우리를 오르내리며 부지런히 알을 낳았다. 출입구 벽 옆으로 나지막이 덧대어 지은 닭장 위로 호박넝쿨이 올라가고 있었다.

헛간엔 문이 없었다. 그저 돌을 쌓고 짚을 썰어 넣은 흙을 한 켜씩 쌓아 만든 벽은 눈비를 머금기도 하고 바람을 막기도 하고 때론 적당히 들여놓으며 늘 순하게 제 역할을 감당했다. 더럽거나 냄새가 나는 것들도 헛간에 들어가면 제 자리를 찾은 듯 편안해 보였다. 헛간 한가운데는 지붕을 받치던 구불텅한 큰 기둥에 매어진 염소가 새끼를 낳아 기르고, 안쪽으로는 왕겨나 보릿짚 등을 쌓아 만든 두엄더미가 있었다. 농가에서 여러 가지로 쓸모가 많았던 짚단들도 푸짐하게 쟁여 있었다. 짚단 사이에 오르내리며 숨바꼭질하다가 닭이 만들어 둔 비밀 둥지에서 따뜻한 알을 꺼내던 손의 감촉은 아직도 생생하다.

헛간은 말 그대로 허드렛 것들을 보관하던 장소다. 농사일에 필요한 도구들이 거기 있었다. 아버지의 쟁기, 봄에 뽕나무밭에 분뇨를 퍼 나르던 장군, 물건을 담아내던 삼태기, 병아리를 키우던 엇가리가 있었고,

어머니의 물레는 헛간 벽에 걸려 있었다. 초가지붕을 슬레이트로 바꾸면서 지붕을 옆으로 더 빼내어 풍구라든가, 아버지의 지게 등을 보관했다.

헛간이 허물렸다고 했을 때, 부모님의 손때 묻은 이런 농기구들이 같이 사라졌을까 봐 가슴 졸였다. 부모님이 살아 내셨던 그 지난했던 삶의 무늬들이 가장 뚜렷하게 새겨진 곳이 헛간이 아니던가. 아쉬움이 컸다. 오히려 그 미련스럽고 불편했던 측간도 그립다. 공주처럼 깔끔하고 예쁜 조카 손녀들이 시골집에 묵으면서 그곳을 체험해 보는 것도 나쁘지 않았을 것이다.

헛간에선 잠시 휴지기를 갖던 농기구들이 때가 되면 불려 나갔고, 냄새나던 거름더미도 봄이 되면 자연의 질서로 착하게 순환되었다. 돌이켜 보니, 헛간이야말로 가장 효율적으로 공간 사용이 이루어진 곳이다. 농가라면 꼭 있어야 할 곳이다. 그러나 헛간이 사라질 때, 사람들의 마음에서도 불편한 것을 품는 여유가 사라졌다. 헛간처럼 우리의 뒷모습을 넉넉하게 품어 줄 수 있는 장소가 이제는 어디에도 없다. 편리함만 좇아다닌 도시인의 역설 같다.

해외 생활 몇 년 만에 고향 집에 갔을 때, 제일 먼저 확인한 것은 아버지의 지게였다. 다행히 아버지의 지게와 어머니의 물품들은 소를 키웠던 창고에 보관되어 있었다. 안도의 한숨을 내 쉬었다. 깨끗한 부엌, 아이들이 씻기에도 편리한 샤워실, 어머니가 쓰시던 방과 아버지가 말년에 늘 누워 계셨던 사랑방은 에어컨을 달고 깔끔하게 도배되어 나무랄 데가 없었다. 허나 헛간이 사라진 고향 집은 이제 흔히 볼 수 있는 민

박집이나 펜션 같은 주말 주택이 되어 버렸다. 가끔 큰형부가 들러 헛간이 있던 자리에 무성하게 자란 잡초를 베어낼 뿐이다.

이제 그 헛간은 없다. ― 2018년 『수필과 비평』 8월호 신인상 당선

나치 소녀(Nazimaedchen)

홍진순

23호실 방문 앞에 이르자 안에서 어머니의 목소리가 흘러나온다.

"진이냐?"

이젠 내 발소리만 듣고도 내가 온 것을 알아차리시는 모양이다.

"예, 어머님. 저예요"

방문을 급히 열고 들어서는데 정작 어머니의 모습이 보이지 않는다.

"어디 계세요, 어머니?"

"여~기……."

시어머니는 욕실에서 두 손으로 벽을 더듬거리며 문을 찾고 계셨다. 순간 울컥해진 나는 욕실로 들어가 당신의 두 손을 잡고 나와 의자에 앉혔다. 얼마나 많은 시간을 그 욕실에서 문을 찾느라 헤매셨을까!

"아이들은 벌써 학교에 갔니? 웃고 재잘거리며 계단을 내려가는 소리가 들리던데……."

시어머니는 아직도 당신이 우리 집에 머물며 아이들과 같이 사는 것으로 생각하실 때가 많다. 어쩌면 그편이 차라리 다행인지도 모른다.

시력을 되살려보려고 투약한 코르티존이 지나쳐 시어머니의 얼굴은 보름달이 되었고 팔과 다리는 어디에 조금만 닿아도 실핏줄이 터져 늘 시퍼런 멍이 들곤 했다. 밤낮의 구별이 없이 온통 어두워진 어머니의 세계에서 시간이 사라져버렸다.

당신은 새벽에 일어나 느닷없이 밥을 찾기도 했고 저녁에 뜬금없이 누군가를 초대하는 전화를 걸곤 했다. 우리 부부의 생활 리듬이 깨진 것은 말할 것도 없다. 아이들이 불안해하는 걸 알고부터 시어머니의 그 돌발 행동이 견디기 버거웠다. 마침내 남편이 어려운 결단을 내렸고, 우리는 시어머니를 가까운 요양원으로 모셨다.

처음에는 매일 출퇴근하다시피 하며 당신의 그 외롭고 험난한 길에 동반하리라 생각했다. 하지만 여건이 마음먹은 대로 되지 않았다. 내 등에 업힌 아이는 거기만 가면 불안한 얼굴로 칭얼대었다. 종일 침상이나 휠체어에 앉아 같은 동작을 되풀이하는 노인들, 헝클어진 백발과 빛 잃은 눈에 아이는 겁을 먹고 빨리 돌아갈 것을 재촉했다.

그 옛날 독일 뭇 남성들의 이상형이던 금발머리에 파란 눈의 소녀는 어디로 가버렸을까? 금발머리를 두 갈래로 땋고 지나가면 나치 군인들이 "하이, 도이치 소녀!" 하며 팔을 들어 올리고 나치식 경례를 올렸다고 했다.

오스트리아 가문의 딸로 성장한 금발의 시어머니와 검은 머리의 한국인으로 자라난 나 사이의 공통점이 있다면 그것은 바로 전쟁과 가난을 안다는 것이다. 젊은 시절 당신은 독일이 일으킨 전쟁을 몸소 겪었고, 나는 전쟁이 남긴 상흔 위에서 살았다. 우리 사이에는 삼십 년이라는 시간이 기다란 다리처럼 놓여 있었으나 나는 일상생활 속에서 그 거리를 별로 느끼지 못했다. 공통된 아픔을 겪은 사람들만의 연대감이랄까? 지금의 내 나이와 한국의 삼십 대가 오히려 더 멀고 아득할지 모른다.

시어머니를 모시고 보스니아를 간 적이 있다. 10년 전 전쟁을 피해 오스트리아로 넘어온 그 나라의 피란민 가족이 우리 집에서 2년간 머문 적이 있었다. 그래서인가 그 나라는 어딘지 모르게 우리에게 친근하게 느껴졌고, 지금의 상황이 어떤지 궁금하기도 했다.

보스니아는 전쟁이 끝난 지 10년이 더 지났지만, 폐가마다 숭숭 남아 있는 총알 자국이 섬뜩했다. 전쟁 후유증을 씻어내지 못한 분위기가 아리게 다가왔다. 특히 어머니가 우울한 기분에 젖어 드는 것 같았다. 아름다운 경치를 접하면 기분이 좀 나아졌다가도 구석구석 암울하게 뻥 뚫린 동굴처럼 서 있는 집들을 보면 이내 한숨을 내쉬곤 했다.

10년 전 보스니아 가족이 우리 집에 살 때 어머니는 그들에게 주려고 매주 생필품을 한 보따리씩 사 들고 들어왔고, 인심이 후한 할머니가 되어 그 아이들을 챙겼다. 그러면서 당신이 겪은 전쟁의 아픔을 되새겼다.

나도 내 부모 형제들이 겪은 6.25전쟁 때의 일을 떠올렸다. 부모님과 친지들이 함께 아이들을 데리고 피란 대열에 끼어 걸어가는데 두 명의 어린 아기가 설사를 하면서 그렇게 울었다고 한다. 그 울음소리에 위협을 느낀 어른들은 결국 여자아이는 버리고 남자아이만 데리고 가기로 했다. 한참을 걷다가 그 아이의 엄마가 뒤돌아보니 18개월 된 여자아이가 땀을 뻘뻘 흘리면서 아장아장 뒤따라오고 있었다는 것이다. 엄마는 오던 길을 되돌아가 아이를 들추어 업고 달렸다. 그 아이가 바로 독일로 이민 와서 살고 있는, 지금 칠순을 눈앞에 둔 나의 언니다.

　내가 어릴 때 들은 이야기가 또 있다. 피난민들이 전쟁 중에 먹을 것이 없어 길에 쓰러져 있는 소를 잘라 오기로 했는데 칼이 들지 않아 몸통은 어쩌지 못하고 젖통만 잘라 와서 자식들을 먹였다는 것이다. 우리 엄마가 겪은 이야기였는데 놀랍게도 시어머니와 시할머니도 그와 같은 경험을 했다고 한다. 남은 패물을 들고 몇십 리 시골길을 걸어가 먹을거리를 바꿔온 일, 땔감이 없어서 집의 가구를 부수어 아궁이에 넣은 일, 의대 졸업식 가운을 잘라 커튼을 만들어야 했던 일…. 시어머니의 사연이 우리 친정어머니가 겪은 일이었고, 우리 집 이야기가 시어머니 집 이야기였다. 어머니들은 그렇게 고난의 길을 걸으며 자식들을 길러냈다.

　시어머니는 독일군이 일으킨 전쟁 때 안과의사로 근무를 했다. 경보가 울 때마다 지하로 피신했다. 소련군 병사가 부상병을 데리고 와서 총부리를 겨누고 치료하라고 지시한 적도 있었다. 부상병들이 먹을 약을 의사가 먼저 그들의 눈앞에서 먹어 보이는 수모를 겪기도 했다.

　그 전쟁은 히틀러로부터 시작되었다. 문제는 당시 독일 국민이 그런 히틀러를 선택했다는 것이다. 그런데, 전쟁의 피해자이며 히틀러에게 저항했던 레지스탕스를 좋아하는 시어머니가 막상 히틀러에 대해 항거하지 않았던 그 당시의 상황 몇 가지를 들려주었다.

자신의 고향 오스트리아에서 인정받지 못하고 독일로 떠난 히틀러가 권력을 잡은 후 1938년 가장 먼저 고국을 정복할 때 대부분의 사람들이 두 팔을 벌려 환영했다고 한다. 극심한 실업 상태와 가난을 해결하고 1차대전에 패배한 게르만의 자존심을 회복하겠다는 구호에 구세주를 만난 것처럼 감격했다는 것이다.

히틀러가 빈 시내 영웅의 광장에서 연설할 때 수백만의 군중이 모여들었다. 사람들은 모두 그가 자신만 응시하고 연설하는 것 같은 느낌을 받았다. '착각인지, 아니면 마력에 홀린 것인지…' 어쨌든 악마의 시선처럼 강렬했다. 물론 이 열대여섯 살의 소녀에게도 그렇게 느껴졌다. 히틀러의 약속대로 실업자 수가 줄어들었고 경제 사정도 나아졌으니 그 환호가 후회로 이어질 리는 없었다. 유대인 이웃이 하나둘 사라지고 그들의 집과 물건을 경매에 내놓아도 충격이 크지 않았다. 그들이 어디로 갔는지 알게 된 것은 전쟁이 끝난 후 발표된 연합군들의 보고에서였다. 철통같은 보안과 공정한 정보의 억압 아래서 대부분 일반 국민은 아무것도 알 수 없었다고, 자주 시어머니는 회한 섞인 목소리로 읊조렸다.

당신은 안과의사로서 자신에게 닥친 무서운 안과 질환을 잘 알고 있었다. 그럼에도 불구하고 너무나 편안한 모습에서, 당신이 그 질병으로부터 영혼을 분리해버린 게 아닌가 하는 생각마저 들었다. 의사들은 말했다. 사람이 극한 상황에 처하면 정신이 만들어 내는 일종의 자기방어가 작동된 것이라고.

어느 날 절친한 신부님이 영성체를 모시고 병문안을 오셨다.

"지금의 나를 보지 말고 40년 전의 나만 기억해 주세요."

어머니는 모처럼 또렷한 의식으로 경쾌하게 말하고는 태연한 표정을 지으셨다. 시어머니는 가끔 그 시절의 나치 소녀로 돌아가 생기를 조금씩 얻어오는 듯하다. ― 2019년 『한겨레문학』 창간호 신춘문예 당선

테마 수필

탕수육 두 접시

김미경

　가족들이 모여 밥을 먹기로 한 날, 집에서 번거롭게 만들지 말라며 아들에게서 전화가 왔다. 간편하게 중화요리 몇 가지 사 가려고 하는데 뭐가 좋겠냐고 물었다. 짜장면과 짬뽕 그리고 탕수육 정도면 되겠다고 말하다가 슬며시 웃음이 터졌다. 탕수육을 떠올리니 자동으로 따라 올라오는 이야기가 있다.

　1976년, 내가 고등학교 2학년 때 아버지는 호주로 일하러 떠나셨다. 집에는 엄마와 우리 사 남매만 살았다. 엄마는 아버지가 멀리 외국에서 힘들게 일해서 보내주는 돈을 허투루 쓸 수 없다며 뭐든 아꼈다. 간식도 집에서 만들어 주셨는데, 양푼 가득 만들어 놓은 샐러드, 찐빵, 도넛 정도였다. 요리라고 이름 붙일 만큼 세련된 것은 아니었지만 엄마가 즐겨 만들어 주는 것을 최고라고 생각하며 먹었다. 아버지 없이 우리끼리의 외식은 감히 생각하지도 못했으니 그때까지 내가 아는 중국요리는 짜장면뿐이었다. 졸업하고 직장에 다니며 비로소 그동안 못해 보던 것을 경험하게 되었다. 그 무렵 유행하던 경양식집에는 친구들과 어울려 자주 갔다. 나중에 사람을 사귀게 되어 양식을 먹을 때를 대비해서 미리 익혀야 한다는 이유였다. 새로운 음식을 먹는 즐거움이 있었다.

어느 날 회사에서 남자 동료들이 나누는 이야기 중에 '지동관' 탕수육이 일품이라는 소리를 들었다. 옆자리에 있던 친구와 나는 한번 가서 먹어 보자고 약속을 했다. 의정부 시내에 화교가 하는 '지동관'은 꽤 알려진 중국집이었다. 벼르고 벼르던 약속의 날이 다가왔다. 월급을 타던 그 주 일요일 낮이었다. 친구와 나는 한껏 치장하고 지동관 앞에서 만났다. 일요일 낮이라서 그런지 홀은 휑하니 넓었는데 손님은 우리뿐이었다. 테이블에 앉자 소년이 와서 물을 따라주며 뭘 먹겠냐고 물었다. 나는 생글생글 웃으며 명랑한 목소리로 "탕수육 두 개 주세요"라고 소리쳤다. 소년은 잠시 멈칫하더니 알았다고 했다. 그때 그의 멈칫하던 동작이 무슨 의미인지 몰랐다. 우리는 그저 맛있게 먹을 기대로 잔뜩 부풀어 있었다. 드디어 주문한 탕수육이 우리 앞에 놓였다. 커다란 둥근 접시에 수북이 쌓인 탕수육 두 접시.

'한 접시의 양이 이렇게 많아?'

그것은 산 두 개가 놓여 있는 것만 같았다. 우리는 할 말을 잃고 잠시 멍하니 탕수육을 바라봤다. 기가 막혀 웃음이 나왔다. 순간, 저쪽 구석 주방에서도 킥킥 웃는 소리가 났다. 주방의 커튼 사이로 훔쳐보고 있는 것이 느껴졌다. 창피당하고 있다는 생각이 들자 얼굴이 화끈 달아올랐다.

애초에 주문을 받을 때, 두 사람이 먹기엔 한 접시도 충분하니 짜장면이나 짬뽕과 함께 먹으라고 알려줬더라면 좋았을 텐데. 소년은 우리가 중국집에 처음 온 '촌닭'이란 걸 알고 설명도 안 하고 우리 하는 꼴을 바라본 것이다. 골려줄 셈이었는지, 아니면 장사도 안 되던 날이라 탕수육 한 접시라도 더 파는 게 급했던 걸까?

여자애들 둘이 와서 각자 탕수육 한 접시씩 놓고 먹는 광경은 그들에게도 재밌는 구경거리였을 것이다. 당황한 중에도 익숙한 것처럼 새침을 떨면서 먹었지만, 아무리 먹어도 탕수육은 줄어들지 않았다. 눈으로 이미 많은 양에 질려서 제대로 맛을 음미할 수도 없었다. 처음엔 바삭하던 탕수육이 소스에 불어서 찐득해졌다. 입에 넣을수록 들큰하고 느끼하기만 했다. 지금 같으면 남은 음식은 싸달라고 했을 텐데, 바보처럼 그런 말도 못했다. 반도 못 먹고, 얼굴이 빨개져서 비싼 음식 값을 치르고 도망치듯 음식점을 빠져나왔다.

탕수육은 그렇게 부끄러운 기억으로 남았다. 호주에 살면서 여전히 새로운 음식에 대한 호기심이 많다. 낯선 음식을 많이 먹어도 보고 가끔은 실수 비슷한 것을 한 적도 있지만, 그때의 탕수육 사건만큼 충격적인 것은 없었다. 퇴근하다 배가 고프면 가끔 들르는 타이 레스토랑에서 손님 중 한국인은 나 혼자뿐일 때가 많다. 자주 먹는 음식이 아니라서 익숙하지는 않다. 밥을 먹다가 타인의 시선을 느끼면 어색해도 이제는 주눅 들지 않고 넉살 좋게 웃어 줄 수 있다. 그동안의 세월이 나를 뻔뻔하게 만들었나 보다.

아들이 사 온 중화요리는 거창하다. 커다란 접시의 쟁반짜장과 꽃게와 홍합이 푸짐하게 들어간 짬뽕이 눈길을 끌었다. 탕수육, 깐풍기, 팔보채, 유산슬 등 식탁에 펼치니 잔칫상이다. 바삭한 탕수육을 한입 베어 물자 고소한 맛이 입 안 가득 퍼진다. 얼큰한 짬뽕 국물도 한 모금 삼키니, 탕수육의 느끼한 맛을 개운하게 잡아준다. 화려한 음식 앞에 젓가락이 바쁘게 움직인다. 맛있는 안주가 이렇게 많은데 술이 빠질 순 없다고 남편이 말하자, 딸아이는 냉큼 소주와 맥주를 꺼내 놓는다. 한바탕 주거니 받거니 오고 갈 때, 내가 이야기를 꺼냈다.

"있잖아, 내가 옛날에⋯⋯" 하며 탕수육에 얽힌 이야기를 했더니, 다들 킬킬킬 웃느라 정신이 없다. "와! 울 엄마 진짜 촌스러웠네. 그렇지만 그 소년은 너무했네." 아들이 말하자, 남편은 한술 더 뜬다. "출세했네, 출세했어. 내가 촌닭을 구제했네."

맞는 말이다. 나는 촌닭이었다. 우리를 골려 먹던 그들도 두고두고 웃음거리로 기억하고 있으려나? 그 중국식당은 지금도 3대째 영업을 하고 있다던데, 다음에 한국에 가면 할아버지 적에 왔던 촌닭이라고 하며 가볼까? 기억은 시간이 지나면서 자꾸 부풀어 오르는 것인지 그때의 접시는 쟁반만 하게 더 커지고 산더미 같던 탕수육이 눈앞에 다시 어른거린다. ─2021년

짜장면을 먹을 때면 순금이가 따라온다

김홍기

딸아이가 이사한다고 집안이 어수선하다. 대학 졸업하고 취직했으면 이젠 독립해야 한다는 생선 가시 같은 말을 자주 했다. 막상 짐을 챙기는 모습을 보니 괜한 소릴 했나 보다. 그나마 멀지 않은 곳으로 가니 자주 볼 수 있겠다 싶다. 같이 살 때는 늦은 귀가나, 음식 등 사소한 것이 신경 쓰이더니 이제 딴살림을 내주려니 더 큰 걱정들이 밀려든다.

이삿짐을 대강 정리하고 짜장면 배달을 시켰다. 한국에서도 그랬지만 이사 때 짜장면을 시켜 먹는 건 이민 와서도 변하지 않은 우리 집 풍습이다. 짐도 정리하지 않은 채 신문지 몇 장 방바닥에 깔고 책상다리하고 먹는 짜장면은 그 맛이 일품이다. 나는 짜장면을 생각하면 언제나 순금이가 따라온다. 내친김에 순금이 이야기를 식구들에게 해주었다.

초등학교 때 우리 집은 삼대가 함께 살아 식구가 많았다. 일하는 아재 두 명이 사랑채에서 살았고 삼산 댁이라고 부르는 아주머니와 다섯 살 된 아주머니 딸 순금이가 부엌방에서 살았다. 삼산 댁은 엄마 부엌일을 도와주며 밭일도 같이했다. 우리와 함께 산 지 일 년 정도 지난 어느 날 삼산 댁 아줌마는 순금이를 두고 밤에 나가 돌아오지 않았다. 어른들은 밤 봇짐을 쌌다고 했지만 나는 그 말을 이해하지 못했다.

"징한 년, 새끼를 땡개 불고 발이나 떨어졌는가 모르것다."

어른들은 삼산댁을 욕 하긴 했지만, 순금이를 위한 마땅한 대책은 없는 것 같았다. 졸지에 고아가 되어버린 순금이는 우리와 함께 살게 되었다.

당시 우리는 순금이보다 더 어린 막내 여동생까지 있었고 식구들이 많아 엄마는 늘 분주했다. 부엌일은 큰누나가 도와주었지만, 밭일은 엄마 차지가 되었다. 아버지는 아직 나이 어린 우리 아이들도 많은데 남의 아이를 기약도 없이 보살필 수 없다며 순금이를 읍내 어디로 보내자고 했지만, 엄마는 반대했다. 삼산 댁하고 같이 지내며 그들의 사정을 잘 알고 있었기 때문이었다.

삼산 댁이 집을 나간 지 한 달쯤 지나 엄마는 그해 가을에 추수한 녹두 두어 되와 참깨 몇 되를 머리에 이고 오일장이 서는 점등으로 갔다. 나도 따라나섰다. 점등마을 입구에서부터 곡식을 사는 장사들이 앉아 있었다. 엄마는 평소 잘 아는 사이인 듯한 아주머니 앞에 녹두와 참깨가 담긴 보퉁이를 풀어놓았다. 요새 참깨 시세가 형편없다는 장사 아주머니와 엄마의 흥정 끝에 몇 푼의 지폐를 허리춤에 넣고 시장통 안으로 들어갔다. 옷가게에서 이리저리 살피며 여자아이 옷 한 벌 골라 바구니에 담고, 다음 점방에서는 여자아이 신발을 샀다. 누구 것이냐고 물으니 순금이 것이라고 했다.

엄마만 따라다녔던 나는 배가 고팠다. 시장통 식당이 모여 있는 골목을 지날 때 고소한 냄새가 코끝에 진동했다. 자주 그 앞을 지나다녔지만, 그날은 고기 굽는 냄새와 참기름 냄새가 더욱 군침을 돌게 했다. 그 길을 돌아 나오니 금송반점이라는 식당이 있었다. 흰색 창호지가 유리에 붙어 있는 미닫이문에는 중화요리라고 쓰여 있었다. 원래 그 집이 주막이었기에 나는 중화요리 집은 어른들이 다니는 식당으로 비싼 음식과 술을 파는 곳으로 생각했다. 처음 맡아보는 그 고소한 냄새는 어른들 술안주에서 나는 냄새가 아닐까 상상했다.

금송반점을 지나면 붕어빵을 파는 순자네 가게고 그 점방을 지나면 카바이드 냄새가 나는 자전거포로 이어져 먹을 것을 파는 가게가 없다는 사실을 나는 알고 있었다. 다급하게 엄마를 불렀다. 엄마 걸음이 갑자기 빨라졌다. 그럴수록 목청껏 엄마를 불렀지만, 엄마가 돌아보며 웃을 때는 순자네 점방도 한참 지난 뒤였다. 금세 울음이 터져 버릴 것 같았다. 급하게 달려가 엄마 몸뻬 자락을 붙잡았다.

"엄마 배고파 붕어빵 한 개만."

내 간절한 소원에도 엄마는 듣는 척도 하지 않고 이내 걸음을 재촉했다. 시장통을 벗어나 동네 끝자락 우물가에서 엄마가 나를 불렀다. 엄마는 두레박으로 우물물을 퍼 올려 마시고 나서 "아이고 씨언하다, 너도 마셔라." 시며 손에든 두레박을 내게 내밀었다. 나는 참았던 눈물을 터뜨리고 한달음에 집으로 돌아왔다.

어린 마음에 나에게 붕어빵 한 개도 안 사주고 순금이에게 옷이랑 신발을 사준 엄마가 야속했다. 그도 그럴 것이 누나들은 가끔 "홍기 너는 해월리 다리 밑에서 주워 왔는데, 친엄마가 곧 찾으러 온다."며 놀리곤 했다. 그런 이야기를 듣고 난 후에는 낯선 아주머니가 집에 오기라도 하면 숨이 가빠지고 가슴이 뛰어 숨어버리기 일쑤였는데…….

다음 일요일 엄마는 나와 순금이를 데리고 교회에 갔다. 예배가 끝나고 엄마가 찾아간 곳은 고소한 냄새가 진동했던 금송반점이라는 그 식당이었다. 새로 단장한 식당 안에 네모난 탁자가 몇 개 놓여 있어 밖에서 상상했던 술집은 아니었다. 엄마 옆에 순금이를 앉히고 나는 맞은편에 앉았다. 엄마는 짜장면을 시켰다. 식당 주인하고 아는 사이인 듯 몇마디 안부가 오갔다. 한참 후에 아저씨가 짜장면 한 그릇을 내왔다. 처음 보는 짜장면은 중화요리 중 하나라는 사실을 알았다. 엄마는 짜장면을 비벼 순덕이에게 주었다.

맞은편 주방에서 퍽퍽 소리가 났다. 그 소리는 아저씨가 짜장면 만드는 소리였다. 양손에 감긴 반죽을 꽈배기로 만들었다가 다시 바닥에 패대기를 치고 밀가루를 뿌리기를 반복하면 실타래 같은 국수 가락이 되었다. 너무도 신기해 넋을 놓고 한참을 쳐다보았다.

그사이 순금이는 짜장면을 순식간에 다 먹어 버렸다. 순금이 그릇을 바라보던 엄마는 "가시나 그케 맛나냐? 째끔한 넌이 한 그럭을 다 묵냐, 냉기면 홍기 줄라 했더만, 다 묵을지 알았으면 첨부터 나눠 줄 것을…….
." 하며 독백처럼 푸념했다. 이 말을 듣기 전까지 주방에서 만들고 있는

짜장면은 내 몫이라 생각했다. 순금이가 얼굴에 짜장 범벅을 하며 먹는 모습을 보면서도 별반 신경 쓰지 않았는데, 하늘이 무너지는 것 같았다. 너무나 서러워 엉~엉 울어버렸다. 시끄럽게 우는 내 모습을 바라본 식당 아주머니가 짜장면 반 그릇 정도를 나에게 주어 생전 처음으로 먹어 보았다. 눈물, 콧물이 범벅인 채 군용 포크로 먹은 짜장면 맛은 크라운 산도보다 고소했고 눈깔사탕보다 달았다. 엄마는 내가 짜장면을 먹고 있는 모습을 물끄러미 바라만 보고 있었다.

이 일이 있고 난 며칠 후 학교에서 돌아와 보니 엄마와 순금이가 보이지 않았다.

저녁때가 다 되어 혼자 돌아온 엄마는 부엌 아궁이 앞에 멍하니 앉아 있었다. 부엌으로 들어온 나와 눈이 마주친 엄마는 두 팔을 벌려 나를 안아 주었다. 순금이를 읍내에 있는 보육원에 데려다주었는데 안 가려고 발버둥 치는 것을 억지로 떼어내고 왔다며 눈시울을 붉혔다.

그제야 엄마를 이해할 것 같았다. 아버지와 순금이 문제로 다툴 때 엄마는 보내지 않겠다고 말은 했지만 이미 준비하고 있었다. 나는 그것도 모르고 엄마를 오해했었다.

순금이는 우리와 일 년 남짓 같이 지낸 것으로 기억된다. 얼굴이 유난히 까맣고 누런 코를 흘렸던 순금이는 영락없는 짜장면이었다. 오십 년이 훨씬 지난 지금도 짜장면을 생각하면 순금이가 함께 따라온다.

— 2021년

족발 권력

유금란

흑갈색 종아리에 윤기가 넘쳐흐른다. 근육질 허벅지나 질 좋은 머리와도 견줄 수 없는 발목과 무릎 사이의 존재감이라니. 뼈를 팅겨내면서 툭 벌어진 모습은 오랜 시간 뜨겁게 공들인 흔적이다. 열과 성이 더해져 제대로 부활한 족발이 지금 시드니 한식당 진열대 위에서 마지막 손길을 기다리고 있다. 한바탕 김이 빠져나갔는지 살갗이 벌써 탱탱해 보인다. 서너 시간 후면 제대로 쫄깃해지겠다.

내가 식은 족발의 쫄깃한 맛을 안 것은 얼마 되지 않는다. 학부 시절, 민속학자 K 교수는 억지로 먹게 된 어떤 혐오 음식에 대한 소회를 밝힌 적이 있다. 이 절묘한 맛을 왜 이제야 알았는지 후회된다던 교수 나이 40대 후반이었다. 탄력 떨어진 50이 되어서야 콜라겐 덩어리인 족발의 귀한 맛을 알게 된 내 후회하고 비슷할지 모르겠다.

발이 잘린 다리를 족발이라 부르려니 진짜 족에게 눈치가 보인다. 보통 돼지 족이라 하면 발가락을 포함한 다리 전체인 장족을 말한다. 그런데 시드니에서 본 족발은 대부분 발이 없었다. 어릴 적 처음 보았던 족발은 발톱이 빠져나간 채 발가락 모양이 그대로 살아있어 가히 엽기적이었다. 맛을 보기도 전에 혐오식품이 되어 버린 이유였다. 그런 족발과의 인연은 결혼 후 변화가 생긴다.

첫애를 낳은 후 젖이 돌지 않아 고생할 때였다. 시어머니는 젖이 돌게 하는데 특효라며 족발을 해오셨다. 엄마라는 역할은 평생 굳어진 식성까지 바꿀 정도로 강했다. 용기를 내어 눈 딱 감고 살만 골라 먹으니 먹을 만했다. 선입견이 있던 돼지 냄새도 나지 않았고, 식감도 나쁘지 않았다. 잘 먹었다는 인사에 시어머니는 수시로 해 보냈다. 족은 한두 개 삶으면 맛이 나지 않는다는 이유로 한 번에 여러 개가 배달되었다. 친정 식구와 이웃들과 나누어도 충분했다. 주변에 퍼져나간 '시어머니 표' 족발은 인기가 많았다. 중독처럼 기다리는 사람들이 생길 정도였다. 다른 족발 맛을 모르던 나는 그 맛이 원래 맛이려니 했다. 나중에 다른 족발을 먹어보고 나서야 이 맛이 아주 특별하다는 것을 알게 되었다.

아들아이는 유난히 족발을 좋아했다. 겨우 걷는 애가 살이 발라진 뼈를 뜯으며 한참을 놀았다. 좀 자라서는 제법 그 맛을 즐기기까지 했다. 시어머니는 족발이라는 음식으로 당신의 존재감을 3대에 걸쳐 확실하게 인식시킨 셈이었다. 손주가 할머니 족발이 최고라며 기다리고 좋아하는데 이만하면 가족 간에 누릴 수 있는 꽤 괜찮은 애정의 권력 도구였다. 그랬다. 우리네 어머니들은 당신들만의 음식 맛으로 당신들만의 자리를 확보하는 방법을 본능적으로 터득하고 있었던 것이다. 내가 나만의 음식으로 아내와 엄마로서 가족 간에 최고의 권력을 누리는 방법을 아는 것처럼 말이다.

호주로 이주 후에도 아들아이는 자주 족발을 찾았다. 그때만 해도 시드니에 한국 음식점이 많지 않을 때였다. 더구나 족발을 하는 식당은 찾기 어려웠다. 여러 군데 수소문한 끝에 나는 아들아이의 입에 자랑스레 족발을 넣어줄 수 있었다. 그런데 아들아이의 낯빛에 실망이 역력했다. "엄마, 이 맛이 아니에요. 할머니가 해준 맛하곤 달라요." 아들아이의 입맛은 정확했다. 겉보기에는 똑같은데 뭔가 밍밍했다. 역시 할머니의 존재감은 족발 끝에서 진하게 살아 있었다.

얼마 후, 시어머니가 시드니를 방문했다. 두어 달 계시기로 했다. 유난히 깔끔하고 살림 잘하는 시어머니와 짧지 않은 시간을 어찌 보내야 할지 걱정이 앞섰다. '피할 수 없으면 즐겨라.' 나는 시어머니의 음식을 배우기로 작정했다. 도착하시기 전에 당신 아들과 손주가 먹고 싶어 하는 '시어머니 표' 음식 목록을 냉장고에 커다랗게 붙여 놓았다.

족발, 보양탕, 호박고지 들깨탕, 비지찌개, 팥칼국수, 보쌈, 겉절이, 돼지갈비, 영양 찰밥…….

족발이 단연 첫 번째 목록이었다. 그동안 여러 번 물었지만 다듬는 과정이 어렵다고 가르쳐 주지 않던 음식이었다. 바로 정육점으로 갔다. 시어머니는 다리 부분만 깨끗하게 손질이 된 생족발을 보시더니 쉽게 할 수 있겠다며 제대로 된 시연에 들어갔다. 털을 면도하고 발가락 사이를 깨끗이 씻어내는 수고는 생략되었다. 먼저 족을 찬물에 담가 서너 시간 동안 피를 뺐다. 애벌 삶기를 한 다음에 다시 찬물에 씻어내고는 간장과 함께 온갖 한방 재료를 넣어 끓이기 시작했다. 두어 시간 정도 지난 후 건져내어 소쿠리에 밭치자 뼈가 발라졌다.

드디어 시드니에서 고향 맛이 듬뿍 밴 족발이 탄생했다. 명문 족발 집에서나 전승한다는 씨앗 양념간장을 남겨 냉동고에 보관했다. 그 후로 나는 '족발 삶는 여자'가 되었다. 뼈를 발라내고 랩에 싸서 예쁘게 모양 잡은 족발은 선물용으로도 요긴하게 쓰였다. 가족처럼 지내던 지인은 뒤뜰에 야외 가스통을 설치해주고 커다란 들통까지 사주면서 나의 족발을 요구했다. 그즈음 나는 열심히 족발을 삶으면서 지인들과의 관계도 쫄깃하게 다져 나갔다. '겉보기와는 다르다'느니, '어쩜 이런 것까지 잘하느냐'는 등의 말에 으쓱해져서 더 열심히 춤을 추었던 것 같다. 그러나 춤추는 고래도 한때라고 몇 년 지나자 점차 시들해지더니 귀찮아지기 시작했다.

권력이란 것은 제때 이양해야 탈이 없다. 나를 제일 귀찮게 하던 지인에게 고이 모셔두었던 씨앗 양념과 들통을 넘기고, 며느리도 모르는 비법을 고스란히 전수했다. 당연히 그쪽으로 지인들이 꼬이고 나의 족발 시대는 막을 내렸다. 이제는 내가 역수입하듯 가끔 얻어먹는 형편이 되었다. 이렇게 얻어먹는 족발 맛이 어찌나 귀하던지 살만 파먹던 내가 껍질의 맛까지 알게 된 것이다.

며느리가 아이를 낳았다. 모유 수유를 한다고 해서 기특했다. 뭔가 칭찬해 주고 싶어 오랜만에 족발을 삶으려다가 이내 포기했다. 돼지고기를 좋아하지 않는 식성을 아는 터라 공연히 해서 보냈다가 시집살이가 될 수 있겠다 싶어서였다. 한편으론 아들 먹이고 싶은 속마음도 컸었기에 아쉬움이 가시질 않는다. 아내를 배려하느라 먹고 싶은 것을 조심하는 것을 잘 알기 때문이다. 며느리가 배웠으면 좋겠지만 요즘 세상에 감히 어불성설이다.

궁리 끝에 나는 야심 찬 방법을 모색한다. 손주가 크면 가끔 불러 몰래몰래 족발이며 보양탕*이며 시어머니로부터 전수된 맛을 알려주기로 마음먹는다. 이것이야말로 나만이 할 수 있는 나만의 특화된 일이 아닌가. 갑자기 두 부자를 사로잡을 계획에 손끝이 쫄깃해진다. 그럼 그렇지, 한번 본 권력의 맛이 그렇게 쉽게 사라질 리가 없다. ─ 2021년

* 양고기로 만든 전골.

타말리 먹는 밤

정동순

　낯선 음식을 잘 먹을 수 있는 사람은 식복이 있다. 장거리 해외여행에
서도 꼭 한식당을 찾아다니고 김치를 찾는 사람이 있다. 새로운 풍경은
좋아도 음식만은 절대 적응하지 못하겠다고 한다. 운 좋게도 나는 이색
적인 음식을 먹어보는 것을 좋아한다. 아주 달지만 않으면 새로운 맛에
잘 적응할 뿐만 아니라 독특한 향취나 식감도 잘 받아들이는 편이다.
이국적인 향신료가 든 태국 음식이나 베트남 국수를 먹기도 하고, 일부
러 터키나 아프가니스탄 식당을 찾아가기도 한다.

　타말리는 얼마 전부터 맛을 들이기 시작한 멕시코 음식이다. 타말리,
혹은 토말리처럼 들리는 것은 미국식이다. 멕시코 사람들은 따말레(ta-
male)라 발음한다. 잘 말린 옥수수를 돌확에 갈아 굵게 가루로 만든 마
사를 사용하여 되직하게 반죽을 한 다음 그 속에 푹 익힌 고기를 찢어
넣거나 아스파라거스 등 마음에 맞는 소를 넣는다. 마지막으로 옥수수

껍질로 잘 싸서 찜통에 찐다.

내가 타말리를 좋아하게 된 것은 우연히 찾은 맛집 때문이다. 워싱턴 주 동부에 있는 야키마는 사과 산지로 유명하다. 가을철에 잘 익은 사과와 농산물을 사러 갔을 때 점심 먹을 곳을 찾았다. '로스 헤르난데스'라는 식당이 타말리로 유명하다고 했다. 막상 가 보니, 간판은 페인트칠이 벗겨졌고 식당 안에는 비닐 커버를 씌운 식탁과 플라스틱 의자가 있었다. 영락없는 시골 장터 분식점이었다. 낡고 초라했다. 사람들은 카운터에 가서 주문을 했다. 메뉴도 타말리뿐이었다.

배가 고픈 김에 닭고기와 돼지고기 타말리를 여섯 개들이 한 팩씩 주문했다. 처음 먹는 음식인데도 담백하고 맛있었다. 그 음식만의 특별한 풍미가 가득했다. 작고 허름한 식당인데도 해마다 유명한 요리상을 받는다고 하더니 그 이유를 알 것 같았다. 그곳에서 만든 타말리가 가장 전통적인 방법으로 기본을 잘 갖추고 있기 때문이지 싶다.

그날 타말리 맛에 반해 얼린 것을 몇 팩이나 사 왔다. 오늘, 그 타말리를 저녁 식사로 먹는다. 김이 모락모락 나는 찜통을 들여다보며 냄새를 훔친다. 찜통에서 풍기는 진한 옥수수 향이 첫 번째 유혹이다. 그릇에 담아 옥수수 껍질을 벗기면 벌써 침이 고인다. 입안에 한 조각을 넣고 부드러우면서도 까슬까슬한 옥수숫가루의 감촉을 느낀다. 특별하게 자극적이지 않은 옥수수 맛과 속에 든 고기에 살짝 매콤한 살사를 얹으면 맛이 그만이다. 앉은 자리에서 몇 개는 먹을 수 있겠다. 그냥 술술 넘어간다. 포만감으로 작은 행복을 느끼며 이 음식을 만든 원조는 누굴까 궁금해진다.

타말리는 아즈텍이나 마야 문명으로부터 유래 되어 남미에서 즐겨 먹는 음식이다. 원래는 신들을 위한 신성한 음식의 일종이었다고 한다. 타말리는 이방의 음식이지만 나에게 어머니가 만들어 주던 부꾸미를 연상하게 한다. 재료나 만드는 방법은 다르지만, 모양이 비슷하다. 잔칫날 어머니는 쌀가루나 수수가루 반죽에 팥고물을 듬뿍 넣고 부꾸미를 지져 상에 올렸다. 타말리도 손이 많이 가는 음식이다. 잔칫날 친척들이 모여서 만두를 빚는 것처럼 라티노 온 가족이 모여 시끌벅적 '따말레'를 만드는 풍경을 상상한다. 함께 나누면서 공동체의 우의를 다지고 먹는 즐거움을 누리는 축제가 떠오른다. 오늘날 멕시코에서는 크리스마스나 독립기념일 등 잔치에 먹는 음식이라고 한다.

남미의 이민자들이 미국에 오면서 이 음식도 미국 사람들에게도 잘 알려지게 되었다. 남미의 가난한 사람들의 꿈과 함께 이 음식도 미국의 국경을 넘었다. 타말리 식당 '로스 페르난데스'가 농촌인 야키마의 소읍에 자리하고 있는 것은 그 음식을 그리워하는 과수원 노동자들이 그곳에 대거 정착했기 때문일 것이다. 어디에선가 읽었는데 타말리가 당신이 죽기 전에 먹어야 할 음식 스물다섯 가지 중에 하나로 선정되었다고 한다.

음식은 단순한 문화 이상이다. 특정한 음식에 대해 잊지 못하는 것은 생명의 에너지원에 대한 본능이기도 하지만 음식에는 늘 이야기가 있기 마련이다. 문화가 발달한 곳에 다양한 음식이 있다. 타민족의 음식을 좋아하면 그 민족에 대한 호감을 갖게 되고 사람들 간의 이질감이 줄어든다. 접시에 담긴 타말리를 즐기면서 그 음식을 가져온 남미의 민족과 역사에 대해 배우고 이해하려는 마음도 모락모락 피어난다.

창밖으로 어둠이 내려앉는다. 찜통에서 꺼낸 타말리가 어느새 다 사라졌다. 타말리를 정성스럽게 만들고 조촐한 파티를 즐기는 사람들의 평화를 생각한다. 우리는 김치와 갈비, 불고기, 잡채를 가지고 와 미국의 식단을 풍성하게 한다. 타말리도 그렇다. 역사는 늘 진행형이므로 훗날 신김치를 볶아 넣은 타말리가 사람들의 입맛을 사로잡을지도 모르겠다. 타말리는 미국에서 내가 찾은 포기할 수 없는 맛있는 멕시코 음식이다. — 2019년

사랑 역시도 불고기를 통해서 온다

홍진순

내가 이 남자와 연을 맺고 아직도 사는 것은 단순히 불고기의 덕이다. 우리말에 '금강산도 식후경'이라는 말이 있다. 그리고 이곳 독일어에도 '사랑 역시도 위를 통해서 온다(Die liebe kommt auch durch den Magen)'는 말이 있다. 의역을 하지 않아도 무슨 뜻인지 잘 알 것이다.

꽤 늦은 나이에 취업 이민을 왔다. 이민을 오는 데야 나이는 상관이 없지만, 그 시절 서른 살이 넘으면 상당히 노처녀 취급을 해서 혼인 발이 서지 않았다. 한국에서도 그랬고 여기 유럽에서도 비슷한 것 같았다. 환경에 적응하고 언어를 익히고 하다 보니 또 훌쩍 세월이 몇 년 지나갔다. 독신의 팔팔한 자유로움도 서서히 외로움을 이겨내지 못하고 빛바래고 늘어졌다. 직장에서 둘러본 또래의 남자들은 모두 기혼자였다.

어느 야간 근무 날 조그만 남자가 의사 가운을 펄럭이며 내 앞에 나타났다. 갑자기 한국말로 "아녕이하시유" 하고 인사를 했다. 너무나 갑작스레 듣는 한국말에 어안이 벙벙하여 대답을 못한 채 그를 쳐다보기만 했다. 몇 번인가 셰프 교수의 회진 중에서 언뜻 본 듯한 새로 온 의사였다. 그는 다시 무슨 말인가를 해 대었다. 악센트와 발음이 부정확했지만 그건 분명 한국말이었다.

"우리 언제 함께 산보 가거나, 와인 마시러 갈까요?" 집중해서 들어 본 결과 그런 말이었다. 그 이상한 발음에 웃음이 터져 나오려는 것을 꾹 참고 시큰둥한 표정을 지으며 대답을 하지 않았다. 내가 뭐라고 대답했다 하더라도 그가 알아듣기 힘들었을 것이다. 그의 키와 내 키가 비슷해서 그동안 별로 관심을 가지지 않았다. 그가 외우고 있던 한국말은 딱 그 두 문장뿐이었다. 그저 그 노력의 가치는 인정해주고 싶다고 생각했다.

유럽까지 와서, 그 흔한 키 큰 남자 중에 하필이면? 그의 옆에서는 하이힐도 신을 수 없게 될 것 같다는 생각이 얄팍한 자존심에 좀 금이 갔다. 그 후 자주 그는, 퇴근하는 나를 기다렸다가 자동차에 태워 기숙사까지 데려다주곤 했다. 난 서서히 그 마음의 크기를 보아가며 내 마음의 크기도 넓혀 갔다.

어느 날 와인을 마시러 가자고 처음 데리고 간 곳은 와인하우스가 아니라 오페라하우스였다. 들어서는 순간부터 그 높고 화려한 건축양식에 주눅이 들며 내가 올 자리가 아닌 것 같았다. 와인을 마시자고 들어간 미팅룸에는 화려하고 아슬아슬하게 가슴이 깊이 파인 이브닝드레스를 입은 여인네들이 밝고 우아하게 웃으며 대화하고 있었다. 바스러질 것 같은 샴페인 잔을 엄지와 중지로 사뿐히 들고 톡톡 튀는 탄산 가스에 코를 대다가 입술을 적시고 있었다. 오페라 접시엔 동전만 한 크 기의 샌드위치가 다섯 개 정도 놓여 있었다. 힐끗 가격 리스트를 보니 저 돈으로 불고기 1킬로 정도는 사겠다 싶었다.

입고 간 한복이 가슴을 조이고 길어서 영 불편했지만, 관객 몇몇이 예쁘다고 환성을 지르며 사진을 찍어 대었다. 이 유럽 여인들이 자랑스 레 내미는 가슴을 우리의 한복은 더 움켜 매는 답답함에 짜증이 좀 났 지만, 이들의 찬사에 차츰 우그러들던 기분과 몸이 풀리며 얼굴에 미소 도 지을 수 있었다. 사뿐히 양귀비 색 나비 한복을 살랑이며 내 나라의 것에 대한 아름다움에 자신을 얻었다. 그러자 이 초대에 응답할 나의 처방도 떠올랐다. '그래, 불고기로 이 남자의 위를 춤추게 해보자. 어쩜 오페라 접시보다 더 나을지 몰라.' 그동안 조그만 축제 때마다 해서 가 져간 나의 불고기는 동료들에게 대환영이었음이 떠올랐다.

여기 온 이래 최고의 정성으로 불고기를 저몄다. 한국처럼 썰어놓은 불고깃감을 살 수 없으니(40년 전 이곳엔 한국 슈퍼마켓이 없었다.) 직 접 2~3mm의 두께로 고기를 썰었다. 엄마가 손으로 비벼준 여름날의 나물 보리밥이 생각났다. 소리 없이 입을 오므려 빵을 씹고 입술만 대 듯 마시던 샴페인의 숨 막히는 듯한 분위기 옆에서, 거침없이 후루룩거 리며 국수를 먹는 자유로움이 간절했던 오페라하우스의 시간도 겹쳐 생각났다. 우리의 격식대로 소주도 사고 불고기판도 새로 하나 샀다. 테 이블용 가스 불에 양은으로 된 기구였다. 촛불을 켜라는 동료의 말이 우리의 식탁에 익숙한 것은 아니었지만 그렇게 했다.

나는 긴장하며 그의 반응을 살폈다. 누구나 처음 보는 음식엔 호기심과 망설임이 있기 마련이다. 그런데, "으흠, 이렇게 맛있는 음식은 난생 처음이야!"라고 그가 감탄사를 쏟아냈다. 이들은 과장된 찬사를 잘하지만, 그가 삼인분의 몫을 해치운 걸 보면 그것은 확실히 사실이었다. 나의 긴장도 스르르 풀렸다. '그럼 그렇지, 우리 한국의 불고기는 강철 같은 마음도 녹인다니까.'

그 후 불고기에 녹아든 그와 나는 커플이 되었다. 그런데 몇 년이 지나도 최종의 결단을 못 내리고 우물쭈물 세월을 보내고 있었다. 불고기의 효력도 약해지는 것 같았다. 게다가 나는 파트너 십에 대한 보수적 인생관을 가지고 있었다. 불확실한 미래는 싫었다. 그에게 여러 차례 이별을 암시했다. 그것으로 피날레가 되었으면 나는 그 시절을 아름다운 추억으로 간직하고 있을까. 그는 그렇게 맛있는 불고기를 그때 한번으로 끝날 뻔했다고 지금도 말한다.

"이젠 한국식당엘 가면 다 먹을 수 있을 텐데 뭘."

내가 별 것 없다는 듯이 그냥 넘기려 들면 이제는 아이들이 이구동성으로 말한다.

"아니야, 어느 레스토랑을 가도 엄마의 불고기 맛은 따라갈 수 없어."

그의 사랑은 '말' 뜻 그대로 위장에서 시작되었나 보다. 위가 편안하고 만족해야 온 전신이 건강하다는 말이 있다. 달콤한 사랑 고백을 모르는 우리는 이 남자의 불고기 찬사에 모든 것, 문화와 음식과 애정 그런 것들이 담겨 있다고 나는 믿는다. 그 민감한 위장을 춤추게 하는 것이 어떤 위력을 남기는가는 35년의 결혼생활이 증명해주고 있는 셈이다.

비름나물에 된장과 보리밥을 넣어 비벼주던 그 여름의 꿀맛 같던 비빔밥은, 엄마의 손가락에서 나온 사랑의 양념이었으리라. 결혼생활에 소화가 안 될 때 나는 불고기를 만든다. 내 손가락에서 나오는 양념이 사랑의 소화제가 되기를 바라며. — 2021년

집에 돌아가고 싶습니다

김미경

저는 지금 낯선 땅에 고립되어 있습니다. 이제는 집으로 돌아갈 수 없을 것만 같아서 걱정입니다. 아니 돌아간다 해도 그분이 저를 알아볼 수 있을지 의문입니다. 제가 왜 여기에 있게 되었는지 사연을 이야기하자니 울화통이 터집니다. 정신없는 이 집 아줌마 때문입니다. 아줌마는 건망증이 심합니다. 매일 쓰던 물건을 어디에 두었는지 몰라서 찾는 건 아줌마의 일상입니다. 그런 아줌마의 건망증이 제 운명을 이렇게 만들고 말았습니다.

제가 할머니와 처음 인연을 맺게 된 것은 오래전 할머니의 첫 손자 결혼식 때부터입니다. 그해 봄은 화사한 연분홍 저고리와 하늘빛 치마폭에 감겨 행복했습니다. 벚꽃이 만발한 그 날 나풀나풀 떨어지는 꽃잎과 바람에 살랑거리던 할머니의 치맛자락이 떠오릅니다. 환하게 웃던 할머니를 사랑스러운 눈길로 바라보던 할아버지의 모습도 생각납니다. 눈에 넣어도 아프지 않을 만큼 사랑하는 손자와 함께 행복하던 시간이 영원할 줄 알았습니다. 그러나 손자는 지금 이 세상에 없습니다. 할머니는 사랑하는 손자를 잃은 충격으로 한동안 슬픔에 빠졌습니다. 그날 입었던 한복은 옷장 깊숙이 넣어버리고 다시는 꺼내지 않았습니다. 그러나 어쩐 일인지 할머니가 나들이할 때는 저를 꼭 챙기셨습니다. 아마도 손자에게 받았던 선물이라서 할머니 마음 한 자락에 애틋함으로 남아 있나 봅니다.

두 해 전 가을, 그러니까 코로나 이전입니다. 서울에서 이 집 조카의 결혼식이 있었습니다. 결혼식 날 할머니는 새로운 한복을 입었습니다. 키가 크고 피부가 하얀 할머니는 한복이 아주 잘 어울렸습니다. 맵시 있게 한복을 입고 마지막으로 제가 나서자 정말 멋지다는 탄성이 나왔습니다. 할아버지는 할머니의 고운 모습이 만족스러운지 연신 벙싯벙싯 웃었습니다. 호주에 사는 아줌마네 가족도 오고 일가친척들이 다 모였습니다. 모두 한복으로 곱게 차려입고 떠들썩한 잔치가 열렸습니다. 잔치에 가니 저와 비슷한 친구들도 많았습니다. 저는 드러나지 않으면서 고상한 매력이 있습니다. 그날은 유난히 사람들의 눈길이 제게 쏠리는 것을 느꼈습니다. 순간 우쭐한 마음에 제 콧대도 한껏 높아졌습니다. 며칠 동안 북적이던 잔치가 끝나고 호주에서 왔던 가족들도 모두 돌아갔습니다. 저도 피곤했던 몸을 꼼꼼히 씻고 쉬었습니다. 며칠 뒤 갑자기 제 방문이 활짝 열렸습니다.

"엄마가 찾는 것이 이게 맞으려나? 아무튼, 가져가 보자."

할머니의 손녀가 저를 꺼내더니 이리저리 둘러보며 하는 말이었습니다. 저는 꼼짝 못 하고 봉투에 담겼습니다. 뭔가 일이 잘못되어 가는 것 같지만 저항할 수 없었습니다. 그리고는 커다란 가방 속에 넣어졌습니다. 사람들이 북적이는 소리가 들리며 어디론가 한참을 갔습니다. 시끄러운 음악 소리가 들리고 기계 소리도 들리다가 쿵 소리와 함께 저를 실은 가방이 던져졌습니다. 그 충격에 아득해지며 붕 떠오르는 느낌이 들더니 정신을 잃었습니다. 그렇게 하룻밤이 지난 듯합니다. 알아들을 수 없는 소리가 들렸습니다. 붕붕거리는 차 소리도 들리더니 다시 또 어디론가 한참 갔습니다. 도착한 곳은 호주였습니다. 가방이 열리고 저를 본 아줌마는 실망하는 눈빛으로 얼굴을 잔뜩 찡그리며 머리를 흔들었습니다.

"에구, 이거 내 것이 아니야, 잘못 가져왔네. 어떡하니?"

서울 잔치에 다녀온 후 아줌마는 자신의 물건을 어디에 두었는지 몰라 찾다가 서울에 사는 딸에게 전화한 모양입니다. 아마도 시댁인 서울 집에 두었던 거로 기억하고 딸에게 호주로 올 때 가져오라고 한 것입니다. 딸은 제대로 확인도 안 하고 엄마 것인 줄 알고 그냥 싸 들고 온 것입니다. 저는 영문도 모른 채 호주까지 강제로 왔으니 언제 다시 서울로 가게 될지 모르는 형편이 되었습니다. 그 후 저는 어둡고 컴컴한 구석방에서 갇혀 지내고 있습니다. 외롭고 낯선 환경에 지내다 보니 사람들의 대화에 귀 기울이는 습관이 생겼습니다. 아줌마의 건망증에 대해서도 좀 더 알게 되었습니다. 매일 외출할 때면 한 번에 나가는 법이 없습니다. 깜빡 잊고 두고 나간 물건을 다시 가지러 몇 번을 들락거린 후에야 외출합니다. 그뿐이 아닙니다. 곰국을 끓이다 잊고 잠이 들어 솥을 까맣게 태우고 집에 불이 날 뻔한 적이 한두 번이 아닙니다. 저는 서울로 돌아가지도 못하고 여기서 세상과 작별하는 줄 알았습니다. 어느 날 아줌마가 대청소하느라 집안을 온통 뒤집다가 소리를 질렀습니다.

"어머나! 세상에 이게 여기에 있네?"

자신이 찾던 상자를 발견한 모양입니다. 제대로 챙겨오고선 기억을 못 하고, 애꿎게 서울에 있는 저를 가져온 것입니다. 그런데 요즘 아줌마가 서울에 전화 통화하는 소리를 들으니 분위기가 심상치 않습니다. 저의 주인인 할머니가 치매가 왔는데 점점 증상이 심해진다고 합니다. 할머니는 치매에 걸려 제가 여기에 와 있는 줄도 모릅니다. 치매가 있으니 밖에 나가는 일도 자유롭지 않을 테지요.

게다가 요즘 코로나바이러스가 확산하고 있어서 호주에서 한국을 가기가 어려워진 상황입니다. 서울에 돌아가도 함께 나들이할 기회도 없을 거로 생각하니 가슴이 답답합니다. 아줌마는 가끔 상자를 열어 저를 보고 한숨을 푹 쉽니다. 서울에 가게 되면 도로 데려다주겠다고 혼잣말로 중얼거리곤 합니다. 자신의 건망증 때문에 공연히 저를 오게 한 자책을 합니다. 할머니의 상태가 점점 나빠진다는 소식을 들을 때면 저도 가슴이 조여 옵니다. 제가 돌아가는 날까지 건강하게 잘 계셨으면 좋겠습니다. 제발 그분이 요양원에 들어가시게 되거나 아, 그보다 더한 일을 당하게 되지 않기를 바랍니다. 여기에 홀로 남아 있다가 결국 버림받게 되면 어쩌나 하는 슬픈 생각도 듭니다. 상상하기조차 싫습니다. 코로나바이러스도 어서 물러가고 저도 할머니 곁으로 돌아가서 함께 할 수 있기를 소원합니다.

저는 할머니의 비단 꽃신입니다. —2021년 『한국 동서문학』 봄호

황토색 맹꽁이

김홍기

　하얀 운동화에 김칫국물이 떨어졌는지 붉은 자국이 선명하다. 핏자국 같다. 바이러스 소독을 위해 사용하는 크로락스를 물에 희석하여 종일 담갔다가 빨아도 지워지지 않았다. 새로 사 서너 달 신고 다녀 편안한데 포기할 수 없었다. 락스 원액을 붉은 부위에 바른 후 세제를 푼 물에 담가 두었더니 말끔해졌다. 신발은 새것보다 몇 번 신어 발에 익어야 편하다. 내 발은 눈으로 구별할 정도로 왼발이 크다. 그 때문에 새 신을 신으면 왼쪽 엄지발가락이 끼어 물집이 잡히고 뒤꿈치가 벗겨지는 것을 감수해야 한다. 그런데도 몇 번 신고 나면 불편함은 사라진다. 나는 새 운동화보다 적당히 낡은 운동화를 즐겨 신는다.

　1980년 5월 17일 비상계엄이 전국으로 확대된다는 뉴스가 나왔다. 이미 그 전부터 공수부대가 광주 일원에 투입되었다는 소문이 나돈 후였다. 다음날 오후 나는 대인동 시외버스 공용터미널에서 공수부대와 맞서 싸우다 쫓기는 상황이었다. 가까스로 터미널 3층 광주고속 사무실에 숨었다. 사무원이 건네준 운전기사 작업복을 입고, 빈 책상에 앉아 있어 나를 뒤따라 온 군인들 눈을 따돌렸다. 한 시간쯤 흐른 뒤 군인들이 철수한 밤중에야 집으로 돌아올 수 있었다. 집에 도착하니 시골에서 그분이 올라와 나를 기다리고 있었다.

그날은 이미 시외에서 시내로 드나드는 차들이 모두 끊긴 상태였는데 어떻게 그 시간에 해남에서 광주까지 왔는지 이해할 수 없었다. 서먹한 인사를 하니 "따라 오니라"면서 나를 데리고 간 곳은 허름한 주막집이었다. 늦은 밤인데도 주인은 그분을 반갑게 맞아주었다. 광주에 오면 자주 들러 주인과 잘 아는 듯 보였다. 그분과 동그란 탁자에 마주 앉았다. 막걸리 한 주전자와 우거짓국 두 그릇을 차려준 아주머니는 우리 둘만 남겨두고 안으로 들어가 버렸다. "너도 한잔 받아라." 그분은 대폿잔에 한가득 막걸리를 따라 주었다. 자기도 한가득 막걸리를 따라 단숨에 마셨다. '꿀루욱, 꾸르르룩' 막걸리의 목 넘김 소리가 요란했다. 그렇게 연거푸 두 잔을 마셨다. 나를 기다리다 얼마나 목이 탔으면 단숨에 마실까, 가슴 졸이며 애가 탔을 그분을 생각했다. 평소에는 흐트러짐이 없이 엄하기만 했는데 그날은 달랐다.

"언능 묵어라, 식은다."

주춤거리는 나를 보며 우거짓국 그릇을 내 앞으로 내밀었다. 그때 탁자 밑으로 그분이 신고 있는 신발이 보였다. 아, 붉은 황토색의, 바로 내 신발, 뒤축이 불에 그을린 채 구겨져 슬리퍼처럼 돼버린 그것이었다. 신고 있다기보다 그걸 발만 끼운 것 같은 형국이었다.

"아, 나 참……."

나도 모르게 혀를 차고 말았다. 그 전 겨울 방학을 시골에서 보내고 서둘러 돌아가려던 날, 밤새 눈이 많이 내렸었다. 댓돌 위에 놓아둔 내 운동화 위에 눈이 쌓여 꽁꽁 얼어 버렸다. 그분이 새벽에 동태처럼 언 운동화를 아궁이 앞에서 말리는 중에 운동화 뒤축이 불에 그슬려 오무라들고 말았다. 하는 수 없어 그분 구두를 신고 광주로 왔는데, 버렸겠거니 한 그 신발을 그분이 신고 나를 찾아온 것이다.

얼마나 급하게 달려왔으면 그 신발을 그대로 신고 달려왔을까. 아마도 비 온 후 밭일을 하다 말고 광주 소식 듣고 달려왔으리라. 돌연 가슴속에서 뜨거움이 솟구쳤다. 고등학교 진학을 위해 먼 길 떠날 때도, 대학에 입학하고 데모를 한다는 말을 들었을 때도 아무 말이 없었던 그분이었다. 나에 대한 모든 문제는 늘 엄마 차지였다. 그분과 단둘이 마주한 기억조차 없었는데, 나와 단둘이, 그것도 해남도 아닌 광주의 한 대폿집에서 우거지국과 막걸리를 앞에 두고 앉아 있었다. 그분은 한동안 그렇게 말이 없었다. 주전자에서 대폿잔으로 술이 따뤄지는 소리만 침묵을 흔들고 있었다.

오랜 침묵을 깨고 그분이 말했다.

"내려가자, 여기 있으면 너 죽는다."

순간 '도청으로!'라는 구호가 생각났다. 도청에서 기다리고 있을 학생회 간부의 얼굴이 스쳤다. 어떻게 할까 망설이는 내 눈에 그분의 신고 있는, 아니 발을 끼운 황토색 신발이 보였다. 그때까지 내 입안에서 맴돌고 있던 말은 이랬다. "미안합니다. 저는 여기에 있을게요." 그러나 나는 아무 말도 하지 않았다. 안 갈 거라고 말할 수도 없었다. 이미 내 눈은 그의 운동화에 박혀 있었다. 나는 조용히 일어나 집으로 돌아왔다.

그분은 밤을 꼬박 새우며 나를 지켜보다가 이른 새벽에 나를 깨웠다. 나는 그분이 신고 온 신발을 쓰레기통에 버리고 내가 신고 다니던 운동화를 내밀었다. 대신 나는 해남 집에서 신고 온 그분 구두를 신었다. 교통이 두절된 해남길은 멀고 멀었다. 걷다가 지나가는 경운기를 만나면 그걸 얻어 탔다. 트럭을 만나 얻어 타는 행운도 있었다. 식당에 들어가 밥을 먹기도 했고, 주막집에 들어가 다시 막걸리를 마시기도 했다. 난생처음이자 마지막인 그분과 단둘만의 오랜 시간이었지만 끝내 아무 말도 하지 않았다.

해남으로 가는 길, 가장 높고 험한 우슬재 고갯마루에 도착한 시간은 이미 밤이 깊었다. 그분도 나도 지쳐있었다. 미처 적응하지 못한 구두를 신고 내처 걸은 내 발에 물집이 잡혔다. 내 걸음의 불편함을 보았는지 먼저 내게 말을 건넸다.

"쉬어 가~자~아~."

그분은 그 말이 끝나기도 전에 무너지듯 도로가에 주저앉았다. 나도 곁에 앉으려 할 때, 얼떨결에 내 몸이 그분에게 기댄 상태가 되어 버렸다. 그때까지 한 번도 몸을 만지거나 기대어 본 기억이 없었는데 어색한 스킨십이었다. 그분 몸은 뜨끈했다. 쉰 밥 같은 비린 땀 냄새가 코끝에 물씬했다. 희한하게도 그게 싫지 않았다.

그분은 가시나무 같았다. 가까이 가려 하면 예리한 가시가 먼저 보이는 탱자나무였다. 초등학교 3, 4학년쯤으로 기억된다. 그분은 학교 육성회장이었다. 회의 때문에 학교에 자주 왔었다. 그날은 국민교육헌장을 외우는 날이었다. 담임선생님은 우리를 차례로 한 명씩 교탁 앞에 세워 외우게 했다. 마침내 내 차례가 되어 교탁 앞에 서서 외우고 있을 때 유리창 너머 복도에서 그분이 바라보고 있었다. 나와 눈이 마주치는 순간 나는 그 자리에서 꼼짝할 수 없었다. "우리의 처지를 약진의 발판으로 삼아……." 그 뒤 문장이 생각나지 않았다. 앞이 캄캄했다. 교탁 앞에 한참을 서 있다 자리로 돌아왔다. 그 뒤 반 아이들은 모두 집으로 돌아갔지만 혼자 남은 나는 끝내 다 외우지 못한 채 선생님 앞에 주눅이 들어 있어야 했다. 그날 밖에서 나를 지켜보던 그분의 실망한 눈동자는 내 뇌리에 박혀 오래도록 나를 괴롭혔다.

그분 몸에 기대어 쉬던 우슬재 고갯마루에서 나는 처음으로 마음 깊이 아버지를 느끼고 있었다. 집까지는 아직 한참이나 걸어야 함에도 그대로 잠들고 싶었다. 멀리 아스라한 해남읍 시가지 불빛이 보이는 밤에 나는 아버지를 마음으로 부르짖고 있었는지 모른다. 아버지는 남에게는 한없이 관대해 오래 신어 편안한 운동화였는지는 모르지만 내게는 늘 불편한 구두였다. 그런 아버지는 그날 내게는 포근한 운동화가 되고 있었다.

다음날 나는 밭일을 마치고 돌아오는 아버지를 보고는 깜짝 놀랐다. 아버지 발에는 내가 분명히 광주집 쓰레기통에 버린 그 황토색 운동화가 걸려 있었다.

"운동화는 헐어야 편허드라."

내 눈빛을 의식한 아버지가 멋쩍은 표정으로 말했다. 원래 있던 끈도 없어져 삐삐선이라 부르는 빨랫줄을 대신 끈으로 삼은, 맹꽁이라 부르던 황토색 운동화였다. 아버지가 그걸 얼마나 더 오래 신고 다니셨는지는 기억에 남아있지 않다. 다만 40년도 더 지난 지금의 내 뇌리에는 아직도 아버지 발에 걸려 끌려다니던 그 맹꽁이 운동화가 선명한 영상으로 남아 있다. ― 2021년

굽을 내리다

유금란

아침부터 한바탕 소동을 벌였다. 무릎연골에 이상이 생기고부터는 외출할 때마다 신발을 고르느라 전쟁을 치른다. 패션의 완성은 신발이라고 장담하던 나는 어디로 간 것일까. 모양도 컬러도 뒷전이다. 오늘은 모처럼 모임이 있는 날이다. 통바지에 파란 블라우스를 받쳐 입고 파랑 하이힐을 꺼내 보지만 역시 불편하다. 이것저것 대보다가 결국 코가 뭉툭하고 굽이 납작한 검은 구두를 꺼낸다. 어느새 수녀님 신발 같은 느낌의 이 구두가 내 유일한 외출용 신발이 되어버렸다. 인생의 절정이라 여기던 20대를 정점으로 조금씩 내려앉은 굽 높이가 어느새 바닥에 닿은 것이다.

재작년 휴가차 한국에 갔을 때 하이힐로 한껏 모양을 내고 인사동엘 갔었다. 점심 약속을 마치고 강남으로 넘어가야 하는데, 발이 영 불편했다. 종로 3가 역으로 가는 사이 통증이 심해지더니 지하도를 내려갈

때쯤엔 도저히 걸음을 뗄 수가 없었다. 뒤꿈치에 이미 물집이 터져 벌겋게 속살이 드러났다. 절룩거리며 지하상가 신발가게로 들어가 운동화는 빼고 편안한 신발을 달라고 주문했다. 점원은 말이 떨어지자마자 간호사나 비행기 승무원들이 찾는 신발이라며 아무 장식이 없는 단순한 모양의 까만 구두를 내어 주었다. 신발은 정말 맞춘 듯이 꼭 맞았다. 스타일은 좀 구겨졌지만 저렴한 가격에 만족도가 높아 뿌듯한 마음마저 들었다.

한국에도 내게 이렇게 잘 맞는 신발이 있었다니 신기했다. 어릴 적부터 신발을 살 때마다 전쟁을 치렀다. 볼이 유난히 넓고, 볼 넓이에 비해 길이가 짧고 두터운 편인 내 발은 한국인의 전형적인 발 체형에서 많이 벗어났다. 새 신을 살 때마다 스트레스를 먼저 신어야 했다.

대학을 입학하고 두어 달 후에 맞은 첫 축제, 엄마가 나보다 관심이 더 많았다. 축제 파트너를 소개받았다는 소리를 듣자마자 나를 데리고 전야제에 입을 옷을 사기 위해 양품점으로 향했다. 살굿빛 하늘하늘한 천에 흰 나뭇잎 모양의 패턴이 잔잔히 박힌 여름 투피스를 골라 주었다. 달리 조언을 받을 만한 곳이 없던 나는 첫 딸의 첫 축제를 자신의 것인 양 함께 하려는 엄마를 따를 수밖에 없었다. 하얀 바이어스 리본이 목 아래에서 다소곳이 묶여 있던 살굿빛 투피스가 아직도 생생한 것은 엄마가 이 옷을 내게 입히면서 즐거워했던 기억 때문이다. "우리 딸, 키가 크고 날씬하니 뭘 입어도 이쁘네, 이뻐, 이뻐." 아줌마 취향의 양품점 옷들이 내게 걸쳐지면서 느낌이 달라지자 엄마는 감탄사를 뽑아냈었다.

이제 구두를 고를 차례였다. 아니나 다를까 엄마 단골 가게에는 내 발에 맞는 245 사이즈 신발이 거의 없었다. 어쩌다 맞는 구두가 있으면 영락없이 시꺼멓고 볼이 넓적한 둔탁한 모양이었다. 당시 한국 여인들의 발 크기 평균이 230에서 235였으니 모양을 따지기 전에 맞는 것이 있으면 무조건 사야 할 형편이었다. 편안하게 맞는 신발을 만나면 색깔만 바꾸어 2개씩 사곤 하는 습관은 이때의 트라우마에서 온 것이 아닐까 싶다. 엄마는 엄마의 기대작품이 만들어지지 않자 나보다 더 속상해했다.

"제 아비를 닮아 그렇지. 여자애가 하필 그런 걸 닮아서는…."

"엄마가 날 낳았지 내가 날 이렇게 만들어서 나온 건 아니잖아?"

자존심이 다쳐 그냥 뛰쳐나가고 싶은 마음이 목젖까지 차올랐지만 '착한딸 콤플렉스'에서 벗어날 용기가 없었다. 엄마는 갑자기 동네에서 한 정류장 떨어져 있는 주안사거리 수제 양화점으로 가자고 했다. 평소 알뜰장이 엄마의 행보는 아니었다. 뭔가 결연한 기세에 눌려 마음을 찌푸리고 바삐 걸음을 옮기는데 4월의 햇살은 왜 그렇게 화사하던지.

리본이 달린, 굽이 콧대처럼 도도해 보이는 아이보리색 가죽 구두를 정하는 동안 엄마는 틈틈이 가격을 흥정했다. 본을 뜨기 위해 올려진 넓적한 발을 내려다보던 딸의 무안한 감정 따위는 아랑곳하지 않았다. 이런 엄마의 극성 덕분에 축제 하루 전, 태어나서 처음으로 신어 보는 하이힐이 내 발에 장착되었다.

5월의 교정은 지루하지 않은 초록과 보랏빛 축제의 꽃이 만발했다. 나는 하이힐 높이만큼 공중에 떠서 춤을 추듯이 걸음을 내디뎠다. 그

높이만큼 공기의 맛도 달콤했다. 발밑에는 양탄자처럼 보드라운 미래가 펼쳐지고 있었다. 아마 내 인생의 절정이었을 것이다. 그런데 절정이란 말에는 짧다는 의미가 내포되어 있다는 것을 깨닫기까지는 얼마 걸리지 않았다. 동아리 방에 들러 보도 사진전 준비를 돕고 파트너를 만나러 가는 길에 발이 불편해지기 시작했다. 앞쪽에 힘을 주면 발가락이 조여오고 뒤쪽으로 발을 밀면 뒤꿈치가 쓰렸다. 전야제 초청 공연 동안은 구두를 살며시 벗었다 신었다 하면서 견뎠는데 공연이 끝나고 일어서자 고통을 참을 수가 없었다. 교양을 지키느라 끽소리 한번 못 내고 2차까지 따라갔다가 집으로 오니 나는 만신창이가 되어 있었다. 핑크빛 축제 소식을 기대하던 엄마에게 나는 한바탕 푸념하고, 엄마는 구둣가게 아저씨를 비난하면서, 축제의 첫날을 그렇게 마무리했다.

호주로 이주해서 가장 반가운 것이 신발이었다. 호주 사이즈 7.5에서 8이 내게 맞는 크기인데 얼마나 다양한지 신발 천국에 온 것만 같았다. 나는 한동안 한풀이하듯 굽 높은 신발을 사 날랐다. 그렇게 사 모은 신발들이 두 개의 신발장에 넘쳐났지만, 무릎에 이상이 오고 나서부터는 대부분 그림의 떡이 되었다. 지금은 운동화나 굽 낮은 신발까지 속속 들어앉고 있으니 신발장은 더 복잡해져만 가고 있다.

삶의 욕구들이 내려앉기 전에 신발 굽이 먼저 내려앉았다. 생머리를 하고 짧은 치마를 입어보지만 한번 바닥에 닿은 굽은 올라올 줄 모른다. 이제는 하이힐을 신고 무모하게 걸을 용기도, 스타일 구겨질 것이 염려되어 고통을 참으면서까지 잘 보일 사람도 없다. 그런데도 나는 언제 어떻게 신게 될지 모를 그날이 한 번쯤은 꼭 다시 올 것만 같아 굽 높은 신들을 버리지 못하고 있다. 심장의 굽은 여전히 높은 언덕에서 내려오기 싫은 것이다. ― 2020년 『한호일보』 12월

하얀 운동화가 있는 정물화

정동순

현관문 안에 하얀 운동화 한 켤레가 맨 먼저 눈에 띈다. 오늘도 밖에 나갈 일이 없어 먼지 하나 없이 깨끗한 하얀 운동화는 신발 끈을 묶는 발 받침대 위에 가만히 놓여 있다. 초록색 잎이 무성한 스파티필룸 화분 옆이다.

둘째는 고등학교 첫 학기를 잘 보낸 기념으로 운동화를 사 달라고 했다. 신발이 필요하면 온라인 매장에서 골라 쇼핑카트에 넣어 두면 결제해서 사 줬는데, 그날은 가게에 가서 직접 신어보고 사고 싶다 했다. 아이를 데리고 가까운 팩토리아 쇼핑몰에 들러 두어 군데 신발 가게를 갔다. 아이는 세 번째 가게에도 마음에 드는 것이 없는지 결정을 못 했다. 쇼핑 시간이 아까운 나는 얼른 아무거나 사면 좋겠는데, 벨뷰 몰에도 가 보자고 했다. 벨뷰 몰에 가서 다시 두 군데나 더 신발 가게에 들렀다. 마침내 신발 하나를 들고 왔다. 디자인보다 가격이 얼만지 궁금해 하는 내게 가격표가 보였다. 내 표정이 무척 곤란하다는 신호를 보냈는지 아이는 주머니에서 주섬주섬 돈을 꺼냈다. 지난 크리스마스 때 큰댁에서 받은 25불이라며 신발값에 보태라고 했다. 그리하여 하얀 운동화 한 켤레는 우리 집에 왔다.

아들은 하얀 운동화를 신고 학교에 가던 날, 신던 신발 한 켤레를 더 가방에 넣어 갔다. 체육시간이나 운동할 때 갈아 신을 거라 했다. 며칠 후, 인터넷 사이트를 보여주며 한 가지를 더 사달라고 했다. 일명 운동화 뽕이다. 신발 밑창은 들어 봤는데, 신발 앞부분이 구겨지는 것을 막기 위해 넣는 플라스틱 운동화 뽕은 처음 들었다. 그런 게 있다는 것은 또 어떻게 알았는지…. 아이가 그렇게 애지중지하던 하얀 신발이다.

3월이 왔다. 새 신발을 신었겠다, 원하던 야구부에 들어갔겠다, 아이는 휘파람을 불며 학교에 가곤 했다. 첫 게임을 하던 날, 너무 오버하여 일이 났다. 1루에 슬라이딩하다가 팔에 골절상을 당했다. 팔이 아프다고 했는데 붓지는 않아서 괜찮으려니 했다. 한밤중에 아프다고 우는 아이를 데리고 응급실에 갔다. 차례를 기다리는 동안 대기실에는 기침해대는 사람과 병색이 짙은 사람으로 가득했다. 대기실에 있는 동안 무서운 바이러스에 옮을 것 같아 불안했다. 엑스레이를 찍어 보니 금이 갔다. 슬라이딩하면서 팔에 금이 갔는데도 아웃이었단 말이야? 남편은 놀리듯 물었다.

아이가 붕대를 풀기까지는 두 달의 시간이 필요했다. 아이에게 봄 학기 야구 시즌은 끝이나 다름없었다. 그러나 아이는 팔에 석고붕대를 하고도 오후마다 야구부 연습하는 곳에 가 있었다. 불행 중 더 큰 불행이

왔다고나 할까. 일주일 후, 학교는 코로나 19사태로 등교마저 중지되었다. 지루하고 긴 봄이 시작되었다. 남편은 남편대로, 아이는 아이대로, 나는 나대로 집안 한 곳을 차지하고 컴퓨터 앞에 앉아 온라인으로 일하고 소통하는 일상이 시작되었다.

아이는 밖에 나가고 싶다는 얘기를 하지 않았고 그럭저럭 견디는 듯싶었다. 우유와 칼슘제를 열심히 먹고 햇빛이 좋은 날은 마당에 의자를 내놓고 오랫동안 햇볕을 쬐고 들어 왔다. 석고붕대를 풀고 손목뼈가 잘 아물었다는 말을 들은 날, 하얀 운동화도 한 번 외출했다. 그리고 여름이 되자 아이는 만 열다섯 살이 되었다.

아이 방에는 액자가 하나 걸려 있다. 발 모양을 석고에 뜨고 금색 칠을 해 상자로 된 액자에 넣어 걸어 두었다. 아이가 아기였을 때, 바쁘다는 핑계로 육아일기를 못 쓰고 대신 만든 것이다. 액자에 같이 넣은 글귀는 이렇다. '규원이의 이쁜 발. 사랑스런 아가야, 세상에서 가장 가치 있는 발걸음으로 살아라.' 아이를 향한 내 마음을 모국어로 담았다. 사실 그 안에는 생략된 말이 있다. '가장 좋은 신발을 신지는 못하더라도.'

일 년이 다 지나도록 마음 놓고 외출할 수 있는 시간은 오지 않고 있다. 둘째는 아무거나 입는 형과는 달리 자기가 입을 옷도 직접 고르고, 집에 있어도 무스를 발라 머리를 세우고 멋을 내는 아이다. 사람을 직접 만나는 것을 최소화하는 것이 필수인 시간의 연속에 어른도 혼란스러운데 사춘기 아이가 무슨 생각으로 이 시간을 견뎌내고 있을까. 아이에게 이 시간은 잃어버린 시간일까, 아니면 다른 무엇으로 채워지는 시간일까?

그사이 훌쩍 자란 아이는 이제 아빠보다 키가 더 크다. 저 새것 같은 하얀 신발이 더 이상 아이 발에 맞지 않으면 어쩌나. 이러다 신발 끈 묶는 것도 잊어먹겠다. 하얀 꽃대가 두 개나 올라온 초록의 스파티필름을 배경으로 놓인 하얀 운동화를 보며 애련한 시간 앞에 서 있다.

— 2021년 『수필과 비평』 3월호

모국어로
수필가가 되기까지

■ 모국에서 나고 자라는 동안 그 삶에서 문학은 어떤 것이었나요?

김미경　어린 시절부터 책 읽는 것은 좋아해서 장르를 가리지 않고 닥치는 대로 읽었어요. 아버지가 신문을 보고나면 저는 신문에 실려 있는 연재소설 읽는 재미에 빠지곤 했지요. 방학 때는 다락방으로 책을 잔뜩 올려다 놓고 밥 먹을 때 외엔 내려오지도 않았습니다. 음악 듣고, 책을 읽다보면 어느새 희미하게 날이 밝아오더군요. 의정부 시내에 숭문당이란 오래된 책방이 있었어요. 책방에 가면 주인아저씨가 흰 러닝셔츠에 배는 불뚝 나온 차림으로 앉아 있었어요. 그분이 지금은 원로 정치인으로 물러나 있는 문희상 씨였어요. 정치에 나서기 전인 야인 시절이지요. 내가 책방 구석에 앉아서 먼지 속에 묻혀 있던 시집을 뒤져내어 오래도록 읽고 있어도 눈치를 주지 않으시더군요. 중고교 시절엔 주로 삼중당이나 범우사의 문고판 책을 사들고 뿌듯한 맘으로 돌아오던 기억도 납니다. 직장을 다닐 때는 직장으로 오던 방문 판매원에게 전집류의 책을 사곤 했는데 월급의 30퍼센트는 책 값으로 지출한다는 나름의 룰을 정해두었어요. 그저 읽는 것이 좋았던 시절입니다.

김홍기　해남에서 중학교까지 다니고 광주로 이사해서 살았는데요, 중학교 다닐 때 어느 교육신문사에서 주최하는 글짓기에서 상을 받은 적이 있어요. 상품도 없이 상장만 있는 그런 상이었는데, 그것이 내 인생과 어떤 관련이 있었는지도 모르겠네요. 이후에 결혼을 하고 아내와 함께 주유소를 경영할 때까지도 문학하고는 거리가 먼 삶을 살았습니다. 언젠가 '웃음이 묻어나는 편지'라는 라디오 프로에 편지를 투고해 채택된 일이 기억나네요. 그때 삐삐하고 또 몇 가지 생활용품을 받았던 것 같은데, 그때 잠깐 기쁨을 누리기도 했지요. 어떻든 그런 정도의 글재주가 제게 있었는지 평소 가족들 생일이나 기념일이면 간단한 시를 쓰거나 편지를 써 선물과 함께 주곤 했어요. 그때마다 식구들이 감동이라도 한 것처럼 내게 글을 써 보라고 그랬어요. 돌이켜보면 내게 문학은 생활 안에 이미 있었는지 모르겠습니다.

유금란 글을 깨우치기 시작하면서 엄마는 부지런히 책을 사주셨어요. 주로 할부 전집이었지요. 5학년쯤이었을 거예요. 집에 위인전과 전래동화집이 전집으로 다 있었는데 계몽사에서 나온 '소년소녀세계명작' 전 50권은 엄마 주머니 사정이 못 미쳤는지 뒤 25권만 있었어요. 집이 학교에서 좀 멀었는데 동네에 '점박이 오'라고 불리던 남자 급우가 살았어요. 그 애 집에 그 전집 50권이 다 있었어요. 자기 엄마 눈치를 보던 그 친구를 옥박에 가깝게 설득해서 우리 집에 없는 25권을 한 권씩 빌려다가 다 읽었어요. 창문으로 전해 받던 주황색 표지 책은 그래서 잊을 수가 없어요. 몇 해 전, 그 친구한테 고맙고 미안했던 마음을 전하고 싶어 수소문해 보았는데 찾지를 못했어요. 그때 닥치는 대로 읽으며 만났던 세계가 제 문학의 뿌리가 되었을 거예요. 중학생이 되면서 고전과 함께 아버지가 만지지도 못하게 했던 박계형의 인기소설까지 몰래 몰래 읽었는데, 그 중 『머무르고 싶었던 순간들』은 지금도 내용이 기억나요. 고교시절에는 수업시간에 책을 많이 읽었어요. 2권으로 된 『바람과 함께 사라지다』도 수업시간에 완독했어요. 공부는 당연히 못했겠지요. 지금 생각하면 문학에 열정이 많았는데 오히려 국문학과에 입학하면서 정작 흥미를 잃어버린 게 아닌가 싶어요. 사회과학에 관심을 가진 것도 이유가 될 거예요. 결혼하면서 문학은 나와는 아주 먼 세계가 되었지요. 첫아이를 낳고 내 또래 여성작가들이 낸 소설을 받아 들고는 며칠씩 몸살을 앓곤 했는데 그런 관심마저도 차츰 없어지더라구요. 그러고는 시드니에 와서 문학을 다시 만났습니다.

정동순 초등학교 때 운동장에 나가 노는 것보다 교실에 혼자 남아 책 읽는 것이 좋았습니다. 어느 동화책에 '자작나무 숲으로 들어갔다'는 구절이 있었는데, 자작나무는 어떤 나무일까 참 궁금했어요. 6학년 때 동시를 써 투고해 보려고 했던 것도 기억이 납니다. 고등학교 때 국어 선생님 교실에 있던 박경리의 『토지』 10권을 다 읽고 자극을 받아 소설을 써봤어요. 그게 교지에 실렸어요. 국문과에 가고 싶었지만 취업 걱정도 되고 또 학비도 고려해서 교육대학으로 방향을 틀었습니다. 대학 다닐 때 잠깐 시를 배우기도 했고, 소설이나 시집, 시인들이 쓴 에세이집을 많이 읽었습니다.

홍진순 시골 초등학교를 다닐 때 선생님과 도서정리를 하면서 많은 책들과 접할 기회를 처음으로 가졌어요. 세계명작 같은 것을 통해 낯선 세계, 이국의 분위기에 빠져 들었지요. 닥치는 대로 책을 읽었어요. 새로 들어오는 책이 많지 않아 정말 눈에 띄는 대로 집어서 읽은 것 같아요. 6학년 때 군내 백일장에서 특상을 받은 후 슬며시 작가가 되고 싶다는 꿈을 가지기도 했어요. 그러나 형편상 그 분야로 가지 못하고 생활전선에 뛰어들어야만 했지요. 산문과 편지를 곧잘 즐겨 썼는데 그것이 문학이 될 수 있다거나 더구나 수필 장르가 되겠다고는 전혀 생각하지 못했지요.

■ 이민살이는 어떠했고 언제 어떻게 문학의 길로 들어섰나요?

김미경 이민 초기, 경험도 없이 무턱대고 시작한 일은 낭패를 거듭했어요. 경제적인 손실은 점점 커지는데 실패한 모습으로 한국으로 되돌아갈 수는 없었어요. 가슴속에 늘 불덩어리 같은 것이 있었어요. 마음이 갑갑할 때 하소연하듯 메모를 하곤 했는데, 그렇게 써놓은 메모가 한 뭉치가 되면 한국에 있는 친구에게 부쳤습니다. 친구가 답장해주다 말다 했는데, 우편배달부의 오토바이 소리가 나면 부리나케 달려 나갔습니다. 우체통에서 편지를 꺼내는 일은 큰 기쁨이었습니다. 2001년 어느 날 인터넷 사이트에서 청주에 사는 한 주부가 게시한 칼럼을 보고 충격을 받았어요. 내 또래의 가정주부가 이런 글을 쓰다니! 그 사람이 쓴 글을 며칠 동안 밤새워 읽었습니다. 나는 여태 왜 이렇게 살았나, 내가 좋아하는 것은 무엇이었나? 하고 되돌아보는 계기가 되었지요. 한동안 독자로서 열심히 글을 읽다가 이민 생활의 고단한 일상을 블로그에 일기처럼 써서 올리기 시작했습니다. 문장도 어설프고, 글의 형식도 잘 갖춰지지 않았지만, 사업이 연거푸 실패하던 시절에 우울한 마음을 푸는 유일한 수단이었습니다. 이후 본격적으로 글쓰기 공부를 하고 싶다는 생각이 들었습니다. 2008년 『호주동아일보』에 난 수필강좌 안내를 보고 등록을 하면서 비로소 수필이라는 문학세계로 발을 들여놓고 쓰기 시작했지요.

김홍기 2002년 겨울, 당시 초등학생이던 아이 둘을 데리고 먼저 미국에 도착했어요. 사업체 정리를 위해 아내는 3개월 후에야 합류했고요. 초기 이민 생활은 무척 힘들었습니다. 낮에는 정비소에서 일하고 자동차 매연검사원 면허를 받기 위해 야간에 커뮤니티 칼리지에서 공부했어요. 2004년 주 정부에서 Smog Checking Inspector Licence를 받아 자동차 정비소를 시작할 수 있었지요. 2011년 아내가 은퇴를 앞둔 지인으로부터 주유소를 인계받아 운영하게 됐는데, 그때 새벽에 함께 출근해서 주유소 청소며 물건진열까지 도와주고 나서야 직장인 정비소로 출근하곤 했습니다. 2016년 어느 가을 아침, 주유소에서 청소를 하다 큰 사고를 당했습니다. 커다란 SUV 차에 치여 왼쪽 갈비뼈 전체가 주저앉은 사고였습니다. 생사를 오가는 3개월의 투병 생활은 많은 것을 바꿔 놓았습니다. 퇴원 후, 뜻밖으로 아내가 그동안 마음에 두고 있던 글을 써보라고 하더군요. 중학교 때 상 받은 게 생각났어요. 그게 용기를 주었어요. 그때부터 글쓰기가 시작됐다고 할 수 있겠어요.

유금란 밀레니엄이 시작되던 2000년 1월에 남편 직장을 따라 시드니에 첫발을 디뎠습니다. 자칭 민족주의자였기에 내 의지보다는 상황에 밀려 선택한 행보였지요. 바로 부딪힌 게 언어였습니다. 나름대로 세상의 이치를 다 깨우친 듯하고 살았는데, 그걸 유치원생 수준의 영어단어에 담아내려니 속에서 불이 났어요. 가슴은 부풀어 오르는데 입은 열리지 않고 나의 뇌는 정지 상태가 되고 말았어요. 바로 교민신문에서 한국어 모임 공고를 찾아냈어요. 어린이날 행사를 위한 한글 봉사 도우미였던가요. 무작정 전화를 걸어 입회 의사를 밝혔지요. 퇴근 후 돌아온 남편은 교민사회가 어떻게 돌아가는지는 파악하고 정하라며 나의 성급함을 나무랐어요. "나는 나를 나답게 해 줄 도구가 필요해. '아' 하면 '어'를 알아챌 수 있는 소통의 언어 말이야." 나는 소리를 질렀어요. 모국어는 내게 그런 것이었습니다. 나를 나답게 해주고 내 존재를 알릴 수 있는 가장 기초적인 수단! 늘 숨을 쉴 수 있게 해 주는 공기와 같아서 소중함을 잊고 있었던 것 말이지요. 한 템포 쉬고 결정하자는 남편의 뜻을 받아들여 숨을 돌리고 있다가 다음 해에 우연히 알게 된 L선생님의 안내로 '수필문학회' 원년 멤버가 되었어요. 그 즈음 교민신문은 한국어로 읽는 내 유일한 정기 간행물이었고요. 거기에 실린 수필에는 공감과 위로가 함께 있었지요. 서서히 수필이란 장르에 관심이 생기기 시작했어요.

정동순 2000년 시애틀로 이민 온 후 첫 직장이 도서관에서 서가를 정리하는 일이었습니다. 도서관 일은 참 재미있었어요. 제가 근무했던 도서관에는 많지는 않았지만 한국어 책과 『신동아』, 『주부생활』 그리고 『한국일보』와 『중앙일보』의 미주판이 비치되어 있었습니다. 한국어판 신간이 나오면 누구보다 빨리 책을 빌려 읽는 즐거움을 누릴 수 있었지요. 도서관 근무는 저에게는 한 단계씩 미국 생활에 적응하도록 발판이 되었습니다. 거기서 두어 번 승진도 했어요. 주말에 한국학교에서 한국어를 가르치는 일을 하고, 미국인 남편과도 집에서 한국어로 대화를 할 수 있어서인지 모국어에 대한 갈증은 그다지 크지 않았습니다. 2014년부터 공립학교 교사가 되었고, 현재 페더럴웨이 교육구의 고등학교에서 한국어와 수학을 가르치고 있습니다. 저는 이사를 많이 다녔습니다. 결혼하고도 처음 10년간 일곱 번의 이사를 했고, 지금은 시애틀 근교의 벨뷰에서 삽니다. 이 집이 제 삶에서 가장 오래 살고 있는 집이에요. 글을 쓰기 시작한 것은 이민 직후 아직 직장을 갖기 전, 친구도 없고 너무 외로울 때였어요. 한국의 한 인터넷 매체에 글을 써서 보내면 내용에 따라 메인에 올려 주기도 했어요. 원고료까지 주더군요. 친구도 없던 시절, 인터넷 매체에 글을 쓰는 일은 세상과 소통하는 통로였습니다. 그때 쓴 글 덕분에 모국의 한 독자분과 오누이 인연을 맺기도 했는데, 그분이 고향에 홀로 계신 친정어머니를 자주 방문하면서 멀리 있는 저 대신 효도를 많이 하셨어요. 어머니가 돌아가셨을 때 그분은 우리 형제들과 함께 어머니 관에 흙을 덮어 드리기도 했습니다. 2010년 시애틀문학회 회원이 되어 매달 두 번의 합평회를 통해 본격적으로 수필 공부를 하게 되었습니다.

홍진순 1981년 독일로 취업 이민을 갔습니다. 그런데 외국인 노동법이 변경되면서 취업이 무산되어서 직장을 찾느라 고생했습니다. 이듬해 오스트리아 빈으로 이주해서 5년간 빈 대학병원에서 근무했지요. 안과의사인 오스트리아 인과 결혼을 했어요. 문화와 환경의 차이가 엄청난 상태로 사랑 하나만으로 뜻하지 않게 부부의 연을 맺은 거지요. 2남 1녀를 기르며 전업주부로 지냈어요. 다른 나라 사람과 결혼해 산다는 건 참으로 예사로운 일이 아니었어요. 더구나 나는 혈혈단신으로 더 나은 삶을 위해 이국의 파도 속으로 첨벙 뛰어든 것이고, 남편은 안정된 생활환경에서 타향살이를 한 번도 겪지 않은 사람이었죠. 받아들이기 어려운 일이 정말 많았어요. 가끔씩 이해받지 못한다는 서러운 생각이 들 때면 책 속으로 달아났어요. 책도 마음껏 구할 수 없는 환경이어서 한국방문 때마다 한 가방씩 들고 오고 나머지는 배로 부쳐 오기도 했어요. 한국의 친지나 친구들에게 책을 부쳐달라고 부탁하기가 어렵더군요. 독일어 책은 가슴에 와 닿지 않아 영혼을 울리지 않더군요. 그런 저에게 모국어 책은 너무나 필요한 것이었어요. 이곳 빈에는 음악을 사랑하는 사람은 많지만, 문학을 사랑하는 사람은 찾을 수 없었어요. 힘들고 외로운 시간이었습니다. 그렇게 모국과 모국어에 대한 그리움으로 시달리다가 빈에 건립된 한인문화회관에서 2014년 한 목사님이 모국어 쓰기반을 개설했어요. 그것으로 한인여성문우회가 조직된 것인데, 거기 가입해서 모국어 글쓰기 공부를 다시 시작했어요.

■ 재외동포로서 어떤 경로로 모국어문단의 수필가가 될 수 있었나요?

김미경 2008년 『호주동아일보』에서 10주간 수필강좌를 열었어요. 강좌에는 젊은 사람부터 80대로 보이는 노인까지 다양한 연령의 사람들이 와서 수업을 듣는데, 모두 열정적이었어요. 10주간이 꿈같이 흘러갔어요. 강좌를 마치고 나니 문학회에 들어오라는 권유가 있더군요. 기꺼이 가입했지요. 인터넷 블로그에 취미처럼 게시하던 글쓰기가 이제는 매달 합평을 받는 상황이 된 거지요. 내 글이 낱낱이 해부되더군요. 도마 위에서 칼질당하는 생선이었어요. 해부된 글을 다시 잘 꿰매는 과정도 만만치 않았습니다. 후유증은 오래 갔습니다. 그런 과정들이 조금은 익숙해질 무렵 수필강좌 선생님의 권유로 2009년 『문학시대』 가을호에 신인상으로 등단하게 되었어요.

김홍기 2016년 사고 후, 글을 쓰려고 생각해 보니 중학생 때 글짓기에서 받은 상품 없는 상장이 기억나더군요. 현실의 벽에 갇혔던 나 자신의 이야기를 누군가와 나누는 글을 쓰고 싶었어요. 우연히 미주의 한국신문에서 '밥하기보다 쉬운 글쓰기'라는 글 모임 광고를 보았습니다. 그것이 계기가 되어 '오렌지 글사랑' 모임에 나가기 시작했어요. 처음 졸고를 내놓고 조마조마하는 마음으로 합평 받았습니다. 거기서 문우들이 관심을 보이는 게 고무되어 좀 더 본격적으로 글 써 보게 됐습니다. 나 자신의 내면을 깊이 바라보고 그것을 글로 남겨 다시 곱씹는 과정이 나를 성찰하는 일이 되기도 하더군요. 정비소를 처음 경영하던 때 어려움 당한 일화를 주제로 수필을 썼는데, 이게 여러 번 고쳐서 2019년 『미주한국일보』 문예공모전에 투고했어요. 당선의 기쁨이 컸지요. 한국에서도 작품활동을 하고 싶었습니다. '오렌지 글사랑' 정찬열 선생님의 추천으로 같은 해, 모국의 격월간 『에세이스트』에 작품을 내서 등단했어요.

유금란 수필문학회 활동을 시작했지만 글을 어떻게 써야 할지 감이 잡히질 않았어요. 결혼하고 나서부터는 문학은 호주 대륙만큼이나 아득한 곳으로 밀려나 있었으니까요. 사실 처음 써 간 작품을 선생님이 수필도 아니라며 타박을 놓았기에 자존심이 상해 더 쓰기가 싫어진 상태이기도 했어요. 자존심을 회복하겠다는 생각이 쌓이면서 재외동포문학상에 도전하게 되었어요. 연이어 두 번 도전에 두 번 다 좋은 결과를 얻으면서 큰 힘을 얻었습니다. 사실 그때까지는 등단에 대한 갈망은 없었어요. 딱히 내놓을 만한 작품도 없었구요. 이리저리 빼고 있는데 뒤늦게 합류한 문우들이 속속 등단이란 타이틀을 달았습니다. 차일피일 미루다가 상황에 밀리듯 몸담고 있던 문학회 선생님 추천으로 등단을 했어요. 솔직히 등단에 대한 정보나 관심이 너무 없었어요. 많이 후회되는 부분입니다. 나중에 인터넷에 돌아다니는 한국잡지 평가표를 보고 크게 놀랐습니다. 너무 생각이 없었던 제가 좀 한심하기까지 했습니다. 남편은 운전면허라 생각하면 된다고 위로했어요.

정동순 2010년 '시애틀문학' 신인문학상에서 수필 부문 우수상을 받은 것을 계기로 시애틀문학회에서 본격적으로 수필 공부를 시작했어요. 2012년에 받은 『미주중앙일보』신인문학상 수필 대상이 글쓰기에 큰 격려가 되었습니다. 저는 이런 상들이 모두 한국에서 말하는 등단인 줄 알았는데 그게 아닌 분위기를 뒤늦게 알았어요. 모국 문단은 해외 신인문학상을 등단으로 인정하지 않는다는 것을 몰랐고 모국 문단 등단은 또 다른 발표 지면을 확보하기 위한 재등단이려니 생각했어요. 시애틀문학회 공순해 회장님의 권유로 월간『수필과 비평』신인상으로 절차를 밟았지요. 그게 2018년 수필집『어머, 한국말 하시네요』(수필과비평)를 발간하기 직전이었어요.

홍진순 한국인 목사님이 한인여성문우회를 조직한 지 6개월 뒤에야 참여했어요. 자신이 없어서 뭉그적댄 거지요. 처음에는 그냥 모국어를 다시 배운다는 기분이었어요. 문학에 대해 전혀 모르는 상태였지요. 글이라는 것 자체도 문제였지만, 제겐 컴퓨터 사용법이 더 어려웠습니다. 겨우 이메일이나 주고받을 정도의 실력인데, 이곳 컴퓨터로 한글 글쓰기를 해야 했으니 그건 또 하나의 절망스런 벽이었어요. 아빠 나라에서 혼혈로 태어나 한국어를 전혀 모르는 딸아이에게 컴퓨터로 한국어 사용법을 배워 나갔지요. 포기하고 싶은 마음이 열 번도 더 들었지요. 참으로 힘든 도전이었어요. 30년 만에 새로 시작하는 모국어 글쓰기는 암흑과 사막을 헤매는 듯했지만 그건 떨림과 설렘, 부끄럼과 흥분을 안겨주었어요. 그건 어떤 충만이었어요. 글쓰기는 독서와는 또 다른 어떤 카타르시스가 되더군요. 2018년 모국에서 온 교수님이 문우회를 위해 문학특강을 해주신 것이 계기가 되어 글쓰기에 애정과 열정이 생기고 방향을 잡았어요. 2019년 6월 계간 『한겨레문학』 첫 신인상 수필 부문에 당선해 수필가 소리를 듣게 되었습니다. 그 후 좀 높아진 자존감이 생활의 활력소가 되었고 삶의 질을 바꿔 놓았지요.

■ 등단작은 어떤 작품이며 등단 후 달라진 점은 무엇인지요?

김미경 등단작 「노인이 된다는 것」은 일터에서 만난 노인 이야기입니다. 제가 일하는 가게의 손님은 주로 노인입니다. 대부분 지팡이를 짚고 오거나, 전동 휠체어 또는 바퀴 달린 의자를 밀고 옵니다. 그들을 보면서 미래의 내 모습이 연상되어 쓴 글입니다. 쇠락해가고 있다는 걸 인정하고 싶지 않지만, 그것 또한 내 자신입니다. 노인들도 한때는

다 꽃다운 청춘이었다고 생각하면 마음이 뜨거워집니다. 막상 등단했지만 글쓰기에 관한 공부가 여전히 부족하고, 글도 무르익지 않았다는 생각이 들었습니다. 게다가 등단지의 순위를 매기며 우열을 논한다는 한국문단 분위기를 알고 나니 이런 과정이 과연 옳은가 하는 의문이 듭니다. 등단하고 나니 오히려 마음의 방향대로 잘 써지지 않았습니다. 나 자신이 다 벌거벗겨진다는 생각이 들고, 활자화되는 것에 대한 부담이 컸습니다. 그러나 어느 순간 내 속에 억눌렸던 감정들을 솔직하게 글로 털어내면 조금 가벼워지는 느낌이 들곤 했지요. 남편은 내가 글을 쓰는 일에 무관심이면서도 밖에 나가서는 아내가 수필을 쓰는 작가라는 사실을 말하고 다녀요. 친구들은 내가 그동안 마음속에 품었던 것을 풀어낼 수 있는 일을 찾은 것 같다고 응원합니다.

김홍기 이민 생활을 시작하고 언어장벽, 인종갈등은 익히 들어 스스로 감내해야 한다는 각오는 단단히 했습니다. 하지만 텃세 부릴 줄은 상상하지 못했습니다. 등단작 「열쇠가 지붕 위에 올라앉은 날」은 이민 초기 정비소를 시작하며 경험한 일화를 쓴 것입니다. 텃세를 소재로, 겪은 일을 거의 그대로 썼습니다. 이민을 처음으로 후회했던 사건이었지요. 하지만 그 사건 이후로 글에 등장하는 그 인물과는 서로 도움을 주고받는 사이가 되었습니다. 현재는 그 사람이 다른 시티로 이사해 만나지 못하고 있어서 늘 소식이 궁금해요. 등단 후 처음으로 받아 본 원고 청탁서를 보며 가슴 뭉클했던 기억이 오랜 감동으로 남아 있습니다.

유금란 이민자로 살아가며 정체성과 자존감은 늘 저를 묶는 화두입니다. 등단작 「토씨를 바꾸면 행복해진다」도 아이들에게 자존감을 줄 수 있는 말에 대한 고민을 담은 수필입니다. 수필이 뭔지 모르던 때에 쓴 글이라 내놓기 부끄러웠는데 어느 날 지인이 성당 사이트에 제 글이 올라 있다고 알려주었어요. 여기에서 이름만 대면 다 알만한 신문사 편집장님이 퍼다 올리셨더라구요. 그때 정말 기분이 좋았습니다.

정동순 책을 내기 전에 고국에서 등단부터 해야 한다는 조언에 따라 갑작스럽게 등단작을 준비했습니다. 등단작 「헛간이 허물어졌을 때」는 잃어버린 고향의 정서에 대한 회상인데 수준작이라고 볼 수 없어서 좀 부끄럽습니다. 그런데 그 글을 읽고 그런 고향의 기억이 부럽다는 독자의 의견도 있어 그나마 다행이었습니다. 등단 후, 달라진 점은 가끔씩 원고청탁을 받고 모국에서 글을 발표할 지면이 생겼다는 점입니다.

홍진순 등단작 「나치 소녀」는 제가 사랑하고 존경했던 시어머니의 얘기입니다. 저는 시어머니와의 관계가 좋았던, 고부간으로서 예외의 경우였습니다. 그 시어머니가 허물어져 가는 과정을 지켜보는 안타까움이 있었어요. 이곳에 와서 처음으로 겪게 된 가까운 사람의 죽음이기도 했어요. 그래서 적어도 어떤 형태로든 그분에 대한 기록을 남기고 싶었는데, 그것이 등단작으로 이어졌어요. 등단 소식을 들었을 때 제 오랜 숙원이 이루어진 듯, 이제는 죽어도 원이 없겠다는 느낌이었어요. 처음으로 제 스스로 무언가를 이루어냈다는 그 자부심은 무어라 표현할 수 있을까요! 내부에 깔려 있던 어떤 한이 흐느낌처럼 목을 타고 줄곧 흘러나왔어요. 그러나 기쁨과 동시에 부담도 느껴지더군요. 등단작가로서의 격에 맞는 글을 써야 한다는 그 중압감으로 자유롭지 못한 것 또한 사실이에요. 가족들과 친구들이 나의 다른 면을 알아주는 듯해서 삶에 활기가 났어요.

홍진순

더블린에서의 일탈

더블린은 날마다 조금씩 가는 비가 뿌린다. 여름 기온도 20도 안팎의 해양성 기후로 온화하다. 비만 오면 추워지는 중북부 유럽과는 달리 보슬비를 맞으며 걸어도 춥지 않다. 오랜만에 보슬비를 맞으며 걸으니 메말랐던 내 감성까지 촉촉이 적셔온다.

막내아들이 열세 살 되던 해 여름이었다. 영어 연수를 위해 아일랜드의 수도 더블린으로 목적지가 정해졌을 때, 난 자꾸만 막내의 나이를 들먹이며 보호자로 따라나설 것을 은근슬쩍 강조했다. 그즈음 내심 권태로워진 집안일과 일상으로부터 좀 풀려나고 싶었다. 모성애를 내세우면 누구도 반박하기 힘든 어떤 큰 위력이 있다. 그게 통했다. 남편도 생활의 불편을 감수할 각오를 한 것 같았다. 오십 대 후반, 세 아이의 엄마인 나는 짜릿한 자유와 기쁨을 누리며 줄 끊어진 풍선처럼 길 위를 날았다.

우리는 대학의 기숙사에 방을 배정받았다. 방학 기간이라 대학생들은 모두 떠나고 없었고 영어를 배우기 위한 외국 학생들로 북적였다. 겨우 두 개의 침대가 서로 머리를 맞대고 길게 놓였고 샤워장의 문은 비닐 커튼으로 되어 있을 만큼 초라한 방이었다. 거기다 날마다 내리는 비로 습한 냄새와 공기가 곳곳에 묻어 있었다. 그런 건 아무래도 상관없었다. 다만 내 생각과 방식대로 살아본다는 조그만 희열에 들떠 있었다.

　우리의 옆방엔 스페인 남자아이들 셋이 들었다. 한 번 문을 닫고 나가면 열쇠 없이는 다시 방문을 열 수 없게 돼 있어 한 아이가 화장실에 갔다가 못 들어가고 있나 보다. 문을 두드리고 발길로 차고 밤새도록 친구를 불러대는 애절한 목소리를 들으며 잠을 청했다. 친구들이 얼마나 깊이 잠들었던지 그 아이 파브로는 다음날 아침까지 부엌 소파에서 웅크리고 잠들어 있었다. 짓궂은 러시아 남자애들은 마주 보는 건물에 이태리 여자애들이 기숙하는 것을 알고 밤새껏 수시로 "밤비니 밤비니" 하고 소리치곤 했다. 밤비니는 이태리 말로 '애기'라는 뜻이었다. 그런 소란 법석 속에서 첫날밤은 거의 뜬눈으로 보냈다.

　이 들떠 있는 새파란 아이들 속에서 어쨌든 나도 다시 학생이 되었다. 학창 시절을 떠난 지 삼십 년도 넘은 후에 책과 노트를 끼고 강의실로 들어가는 기분이 참 묘했다. 스무 살 안팎의 대학생들과 어울려 '브로컨 영어'로 수업을 한 후, 식당의 뷔페에 가서 원하는 것만 골라서 먹으면 되는 상팔자가 되었다. 아들 녀석은 엄마가 따라왔다는 사실에 조금의 자부심(?)도 없이, 또래끼리 모여서 얘기를 하다가 내가 지나가면 생판 모르는 사람인 양 눈길도 주지 않았다. 그 나이 땐 부모나 모든 자신의 생활 주변이 부끄럽기만 할 때니까. 그래도 낮 동안 그러던 아들은 방에 들어오면 어리광쟁이 열세 살이었다.

오전 수업이 끝나면 오후는 자유시간이다. 날마다 시내 중심가로 나갔다. 수도라 해도 아주 작은 소도시 같아서 길눈이 어두운 내게도 문제가 되지 않았다. 대학에서 걸어가면 30분 정도 걸리는 거리였다. 이리저리 건물과 사람들을 구경하다가 다리가 아프면 컨트리송이 흐르는 펍에 앉아서 기네스 맥주를 마셨다. 맥주는 너무 달고 씁쓰름해서 맛은 없었지만, 황홀한 자유를 위해 건배했다. 다시 나 자신과 마주 앉으니 꽉 조였던 심신이 느슨해지며 달콤한 안온함과 잊었던 낭만까지 되살아났다.

우리 반은 주로 러시아, 이태리, 프랑스, 스페인에서 온 대학생들이었다. 거의 언제나 어디서나 늦깎이인 나는, 그런 상황에 꽤 익숙해져 있는데 문제는 파트너였다. 대화는 파트너가 있어야 하는데, 젊은 것들끼리 짝을 맞추고 내겐 아무도 오지 않았다. 마침내 선생님이 이태리 남자애 알베르또를 찍어 내게로 보냈다. 비실비실 거부감을 보이며 그 남자애가 내 곁에 와 앉았다. 예쁘고 젊은 여학생들과의 기회를 놓치고 나와 짝이 되었으니 알베르또는 그날 얼마나 운이 없다고 생각했을까! 나에게도 있었던 그러한 시간을 늙은 여우가 되어 관조하니 삶의 순환이 경이롭게 느껴졌다. 자연은 늘 같은 속도와 모습으로 돌고 있지만, 그 속에서 살아가는 사람들만 바뀌는구나. 신에게는 그 테두리 안에서 사는 사람들이 누구이건 무슨 상관이랴! 우주의 법칙이 지켜지는 한.

거의 사십 년의 나이 차이에도 우리의 영어 실력은 비슷했다. 더듬거리며 서로 자기소개를 하고 나도 클래스메이트가 되어갔다.

열여덟 살의 프랑스인 말렌은 자신의 방에 나를 불러서 커피도 끓여주고 함께 비디오도 보곤 했다. 그리고 우리를 자기 집에 초대한다며 이메일 주소까지 주며 몽블랑 근처니까 스키 타러 오라고 했다. 말동무가 생겨 좋았고 나는 나이를 별로 의식하지 않게 되었다. 다음 날 말렌이 함께 시내에 나가자고 제의했다. 항상 혼자 다니던 나는 기쁘게 승낙했다. 함께 길을 걸어가는데 십 분마다 말렌이 내게 물었다. 쉬어야 할 거냐고. 거뜬히 서너 시간을 걸어도 문제가 없다고 말했는데, 십 분 후 또 물었다. "쉬었다 가실래요?" 슬슬 짜증이 일기 시작했다. '얘는 나를 무슨 백세의 노인네로 보나?' 나는 아들과의 약속이 있다는 핑계를 대곤 훨훨 날아갈 듯 기숙사로 향했다. '내 사주팔자에 우뚝 박혀 있다는 외로울 고(孤)자를 되씹었다. '그래, 난 혼자인 것이 편하도록 타고났어. 후유…….' 럼이 든 아이리시 코피나 한 잔 마시고 비참해진 나를 달래야겠다고 생각했다.

익숙한 샛길로 들어섰을 때, 갑자기 한 아시아 청년이 한국어로 "안녕하십니까?" 하며 꾸벅 절을 했다. 이 더블린에서 나한테? 이 더블린에서 나를 아는 한국 사람이 있을 리 없었다. "세상에나! 내가 한국인인 걸 어떻게 알아봤어요?" 내 말에 스물 남짓해 보이는 상대는 악센트 없는 한국어로 띄엄띄엄 말했다. 십 년 전쯤 비엔나 성당에서 나를 봤다는 것이었다. 그때 열 살이었는데 일년에 명절 때마다 성당엘 다닐 때였다고 했다. 믿기지 않을 정도의 눈썰미와 기억력에 내심 매우 감탄했다.

그 한국청년은 더블린 대학에 재학 중이라고 했다. 호호 할머니 취급을 받아 언짢던 기분이 열 살짜리에게 기억으로 남았다는 사실이 조금은 위로가 되었다. 그 청년의 장래성에 후한 점수를 주었다. 늙으면 얼마나 자기인식에 목말라 있는지, 조그만 것에도 위로받고 행복해질 수 있는 것 같다.

수업이 없는 주말에 아들과 나는 시외의 명승지 탐사 신청을 했다. 아일랜드의 가장 유명한 자연 명소인 클립스 옵 모어(Cliffs of Moher)를 빼놓을 수 없다. 시퍼런 바다 위에 200m 높이의 깎아지른 듯한 바위가 아일랜드의 가이드북 표지 어디에나 장식되어 있어 유혹이 엄청 컸다.

이 나들이의 관광버스엔 한 오십 대로 보이는 깡마른 남자가 가이드를 했다. 외국인에 대한 아무런 배려도 없이 말이 총알이었다. 간간이 노래까지 불러주며 혼자 신이 나 있곤 했다. 정말 온몸으로 자기 직업을 사랑하는 사람 같았다. '하지만, 다 원어민은 아닌데 저렇게 초속 스피드로 말을 하면 어째.' 난 조금 불안한 마음으로 항상 '만사 오케이' 아들에게 이해하느냐고 물었다. 아들은 '오케이' 했다. 어느 호숫가에 도착했다.

버스가 잠시 휴식한다며 관광객들에게 호수 구경을 하고 오라 했다. 아들 녀석만 믿고 내렸다. 호수를 한 바퀴 돌고 오니 거기 서 있어야 할 버스가 없었다. 어떻게 된 거냐고 아들을 쳐다보니 그제야 아들은, 사실 자신도 완전히 이해를 못하고 있었단다. 지나가는 아무나 붙들고 물었다. 여기 말고 또 다른 버스 정류장이 있냐고. 우리는 달리기 시작했다. 겨우 10분 남은 시간이다. 도저히 아들을 따를 수 없었다. 먼저 달려가 버스를 잡고 엄마를 기다리려달라고 소리쳤다. 숨이 턱에 닿고 옆구리가 결리는 고통을 안고 달려가 버스를 붙잡았다. 그런데 거기 먼저와 있어야 할 녀석이 없었다. 하늘이 노래졌다. 혼비백산하여 창밖을 살폈다. 몇 분 후 땀에 흠뻑 젖은 녀석이 다른 방향에서 달려오고 있었다.

자유를 위한 내 일탈의 꿈은 상당한 보수를 치르고 막을 내렸다.

— 2021년

분재

*

코로나 중증으로 3주간 격리병실에 입원했다가 퇴원을 했다. 떨리는 다리로 부축을 받으며 계단을 올라 나의 방으로 들어갔다. 누군가 보내 온 분재 하나가 선물로 내 방에 놓여 있었다. 뿌리는 인삼처럼 꼬여 있고 잎도 그랬다. 내 짐작이 맞았다. 카드엔 '인삼식물'이라고 쓰여 있다. 내게 기쁨을 주려고 한국인을 표상하는 인삼을 고른 것 같은데, 나무의 회색 표피는 거칠고 오래되어 보였다. 다 자라지도 못하고 늙어버린 난쟁이 같은 모습이 왠지 나와 닮은 것 같았다. 인간이 자기의 취향대로 자르고 비틀어 만들어 놓은 생명을 예술이라며 즐긴다는 것에 어쩐지 공감이 가지 않는다. 코로나의 후유증일까.

*

　목과 머리와 가슴과 양팔에 매달은 수많은 의료기구에 소변 카테터까지 나는 꼼짝없이 결박되어 있었다. 코에 꽂힌 고무줄 산소 공급기는 불에 타는 듯 아픈 두 눈 위로 바람을 불어 올렸다. 눈이 더 따갑고 아려왔다. 감은 눈 위에 휴지를 덮었다. 이제 소통의 길은 귀뿐이다. 그런데 두 겹의 마스크와 격리 우주복을 입은 의료진의 말을 알아듣기가 어려웠다. 더구나 빈과는 억양이 좀 다른 지방 사투리다. 불분명한 발음에 즉각 반응하지 못한 나는 독일어 이해력에 낙제점을 받았다. 바쁜 의료진들에게 소통의 어려움은 큰 스트레스이니 결코 반가운 손님은 아니다. 의료진들은 말없이 서둘러 일을 끝내고 나갔다. 내 방에서 나가기 전에 사용한 모든 물건과 격리복을 벗어 쓰레기통으로 넣었다. 그리고 관계된 모든 물건은 특수처리된다고 했다. 나는 계속 한기에 떨고 몇 겹의 격리복을 입은 의료진들은 숨 막히는 더위에 허덕였다. 나 하나가 만들어내는 쓰레기와 치료에 투입되는 노동력에 참 미안하기도 했다. 생각지도 않게 닥쳐온 불운으로 단절된 공간에 결박된 몸으로 혼자 누웠으니 아팠던 과거의 한들이 줄줄이 꿰어 나왔다. 지금처럼, 모든 게 타인에 의해 조종되었던 나약했던 삶이 안개비처럼 전신으로 깔려들었다. 괜찮은 척하며 살아가던 것들이 이 불운의 기회를 놓칠세라 너나없이 얼굴을 들이밀었다. 배려와 양보는 약자의 변명이 미화된 건 아닐까 하는 생각이 들자, 그것들로 포장된 내 안에서는 소화해내지 못한 약자의 분노가 콕콕 찔러댔다.

*

초등학교를 졸업하던 해, 우리 아버지는 중학교 시험에 합격한 나의 입학금을 대주지 않으셨다. 언니랑 동생과 조카들이 줄줄이 상급학교에 진학해야 했고, 그해는 농사도 잘 안되었다. 사촌들의 보증을 선 아버지가 추수한 쌀을 다 팔아야 한다는 것이 이유였다. 아버지의 체면이 우선순위였던 그해에 난 우울증에 빠졌고 거의 밤마다 죽는 악몽에 시달렸다. 다래끼와 호미를 들고 일을 나가다가 교복을 입은 학생들이 보이면 다른 길로 돌아가거나 숨어버렸다. 나의 머리는 땅만 내려다보았고 그럴수록 등은 굽어졌다. 가을이 되어 다시 입시 공부를 하고 싶었으나, 아버지는 집안일 하는 데 내가 보이지 않으면 고함을 지르며 찾았다. 혼자서 참고서를 빌려가며 밤에만 공부했다. 그런 끝에 나는 매우 좋은 순위로 중학교에 합격했다. 선생님의 권유가 있었고 이웃의 눈치도 있어서 아버지는 결국 입학을 허락했다.

*

천신만고 끝에 날개를 활짝 펴고 들어간 학교에선 훈육 선생님이 우리 삶의 프레임을 좁혀갔다. 남학생들에게 오는 편지나 영화관 출입, 사복을 입고 돌아다니면 콕콕 집어내 교무실로 불러 정학이나 퇴학으로 으름장을 놓았다. 미술이나 가사 수업에서는 준비물을 가져오지 못한 학생은 복도로 쫓겨났다. 늙은 부모님께 등록금 외에는 다른 것을 요구하지 못했던 나 또한 그 아이들 중에 속했다. 창문을 통해서 급우들의 재미있는 수업을 지켜봐야만 하는 가난의 참모습은 내 영혼을 할퀴고 오랜 기간 상처로 남았다. 지금도 난 그 비싼 미술도구의 트라우마로 그림을 그리는 것엔 무서워 꽁무니를 뺀다. 선택의 여지가 없었던 가난의 올무. 학비 없이 공부할 수 있다는 조건과 졸업 후 취직이 보장된다는 유혹은, 취미나 적성 같은 건 사치였던 그 시대의 아픔이었다. 학비가 면제된다는 것에 용감하게 뛰어들었던 학교, 그곳에서는 승리만을 위한 사육이 진행되는 것 같았다. 거기서 도망가고 싶다는 마음만으로 3년을 보냈다. 경쟁에서 이겨내야 한다는 명분으로 획일적인 복종을 강요하는 학교에서 나는 모난 돌이 되었다. 거듭 치이고 맞으며 아프게 습득한 것은, 꼬리를 내리고 목을 움츠려 눈에 띄지 않게 숨는 것이었다. 과장된 권위를 보면 못 참고 튀어나오던 웃음도 깊이깊이 눌러 넣었다. 비겁하게 구부렸다. 꼿꼿이 서도록 받쳐줄 큰 언덕이 내 뒤엔 없었다.

*

　개성과 자유를 존중한다는 유럽으로 날아갔다. 그러나 그 가치는 이민자들에게는 적용되지 않았다. 보이지 않는 편견이 가로막았다. 그들은 이민자들을 한 등급 아래에 있다고 생각한다. 그걸 인정하는 이민자들에게만 이민자들에게 친절하고 너그러워진다. 남편마저도, 내가 이곳의 생활습성과 사회적 통념에 맞지 않는 행동을 해서 자신의 체면과 명예에 흠이 될까 봐 노심초사하는 듯했다. 낯가림을 많이 하는 나는 악수를 할 때 상대의 눈을 정면으로 잘 쳐다보지 못했고, 극장이나 연주

회장에서 사람을 비껴갈 때 얼굴과 얼굴을 맞대고 지나가는 것도 어색해했다. 깎이고 잘리고 그래도 완벽한 이들이 될 수 없었던 나는 이런 문제로 남편과 싸움을 한 적도 많았다. 흥분된 상태에선 알던 독일어도 생각나지 않았다. 항상 지나고 나서야 그 비난에 맞서야 했던 합당한 말이 떠오르곤 했다. 화장실에 들어가 옥죄인 가슴을 뜯으며 변기 안에 대고 꺼이꺼이 울곤 할 때, 핏빛 얼룩진 노을 앞에서 절규하는 뭉크의 그림은 차라리 많이 낭만적이라 할 수 있었다. 나의 것을 이해받지 못한다는 느낌, 그 문화의 우월감과 냉철한 합리성의 생활 속에 주눅이 들고 점점 작아졌다.

*

중환자실에서 일주일이 지났다. 거의 이틀에 한 번씩 하는 테스트에서 아직도 음성이 나오지 않았나 보다. 일주 후에 일반병실로 옮긴다는 희망이 또 사라졌다. 테스트의 결과도 병의 경과도 말해 주지 않은 채 의료진들은 임무만 끝내고 나가버린다. 하도 답답해서 용기를 내어 물었다. 아직도 양성과 음성이 반반이란다. 모든 걸 포기하고 싶다는 생각이 들었다. 남편과 함께 살아온 이후, 처음으로 두려움 없이 솔직한 심정을 전화에 대고 말했다. 나는 항상 그의 반응에 조바심하며 화나지 않게 하려고 말에 상당히 신경을 쓰며 살았다. 남편의 반응은 의외로 부드러웠고, 내게 기쁨과 희망을 주려고 해서인지 성탄 장식에 대해 의논했다. 약해진 삶의 시간에 한없이 베풀어지는 관용은 마치 마지막 선물처럼 생각되었다. 그것은 당신의 전통이니 당신 좋을 대로 장식하라 했다. 이제 좋아하는 척하며 살고 싶지는 않다고 솔직한 심정을 뱉고 나니 참 편안했다. 엄격했던 모든 기준으로부터 해방되는, 형체 없이 조였던 끈이 툭 끊어지는 자유로움이었다. 그렇게 얘기한 후부터 내게 살아갈 힘이 다시 생겨났다. 새롭게, 나답게.

*

이틀 후 드디어 일반병실로 옮겨졌다. 물리치료사와 처음 걷기 연습을 시작했다. 다리의 근육은 반으로 줄어들어 털렁거렸다. 첫 연습은 발의 한쪽을 바닥에 닿게 하는 것이었다. 바닥과의 거리는 겨우 1센티였지만 내 발은 파들파들 떨며 바닥에 닿지 못했다. 태산을 넘기보다 힘들었다. 이대로 영영 걸을 수 없는 것이 아닐까 하는 절망감과 함께 다시 스르르 가라앉았다. 혈압이 형편없이 떨어진 것이다. 발을 바닥에 딛기 위해 안간힘을 쓰는 것보다는 침대에 눕혀지는 것이 편안했다. 죽음이 이렇게 편안할 수 있는 것이라면, 이대로 갔으면 좋겠다는 생각을 했다. 삶에서 늘 했듯이 죽음도 받아들이면 훨씬 쉬울 것이다. 그러면 여기서는 적자생존이 아니라 적자평온이라는 말로 바뀌는 것이 좋을 듯하다. 소통으로 좀 트였던 생기가 다시 절망의 나락으로 떨어졌다. 스테로이드의 투입으로 혈당은 널뛰듯 했다.

병실은 아직도 의료진 외에는 금지이다. 여기서 일하는 의료진들은 방역복은 입지 않고 얇은 플라스틱 앞치마와 한 개의 마스크만 두른다.

수간호사는 내 얼굴에서 기대했던 것과 달리 언어소통의 문제가 없어서인지 춤출 듯이 기뻐했다. 한 겹의 마스크를 쓰고 하는 말은 이해에 문제가 되지 않았다. 나도 병실 내에서는 보행기를 잡고 다닐 수 있을 만큼 좋아졌다. 태산도 정복했다. 모든 것이 점점 가벼워지니 마른 빵과 소시지 대신 마른 빵을 먹느라 온 잇몸이 다 헐었다. 미역국이 먹고 싶었다. 옆 침대의 환자가 바뀌었다. 70세의 환자는 경증으로 며칠 머물다가 집에서 자가격리를 하라고 주말에 퇴원시켰다. 지금 온 80세의 환자는 침대에서 눈을 뜨더니 넋이 나간 얼굴로 나를 뚫어지게 바라보다가 여기가 어디냐고 물었다. 그녀가 눈을 떠서 알아본 첫 사람이 아시아 여자이니 혹시 이 노인은 자기가 타일랜드의 어느 휴양지에 온 것으로 착각할지 모른다는 생각이 들어 쿡 웃음이 나왔다. 내 상태도 이제 많이 좋아졌나 보다. 그런 농담이 입술을 간질대는 것을 보니. 그러나 상황이 상황인지라 노인에게 그 농담을 내뱉진 않았다.

어느 정신과 의사의 강의에서 들은 '삶에 레몬이 주어지면 설탕을 타서 달콤한 레몬주스로 만들고, 삶에서 일어나는 모든 것을 의미로 만들라.'라는 말이 생각난다. 이 쓰디쓴 현실에 살짝 설탕을 쳐보았다. 노인의 기저귀 냄새도 코 고는 소리도 견디기가 훨씬 쉬워졌다. 중환자실에서 혼자 격리되었을 때를 생각하면 누군가 옆에서 숨 쉬고 있다는 건 신선한 생명의 확인이었다. 신경이 칼날 같은 나는 처음부터 독방을 원했으나 넘쳐나는 코로나 환자로 인해 독방을 분배받지 못했다. 그러나 그것이 차라리 다행이었다. 혼자 있었으면 분명 나는 더 가라앉았을 것이다. 퇴원 전날 친구가 미역국 한솥 가득 끓여 집 앞에 두고 갔다는 소식을 들었다. 그 미역국만 먹으면 금방 기운이 펄펄 날 것 같았다.

*

내 방에서 내몰아진 분재가 며칠 사이 주방 옆의 조그만 방에서 연둣빛 새잎을 피워내고 있다. 처음 그것을 보고 너무도 나를 닮아 던져버리고 싶던 욕망을 누른 것이 얼마나 다행인지 모른다. 새싹이 나는 것을 보니 분재도 나도 삶을 포기하지 않은 게 참 잘했다는 생각이 든다. 어떤 환경의 변화에도 잘 순응하며 잎을 피워내는 힘은 창조의 기적처럼 위대하다. 생명은 그 어떤 것보다 우선이고 아름답다. 다음 생에는 나도 분재도 원시림에서 태양을 향해 거침없이 뻗어나는 활엽수가 되었으면 한다. ― 2021년 『한국신문』

사랑하는 사람을 이렇게 불러보세요

남편은 나와 사귀고 나서 얼마 후 'Eichhoernchen'을 한국말로 무어라 부르느냐 물어보았다. 나는 의아하게 생각하면서 '다람쥐'라고 시큰둥하게 말해 주었다. 그 뒤로부터 남편은 나를 다람쥐라고 불렀다. 실은 내게 좀 어울리지 않는다는 생각이 들었지만(그때는 지금보다 10kg은 가벼웠다. 그래도 다람쥐 정도는 아니었다.) 그래도 유럽인들이 흔히 '귀여운 사람'을 뜻할 때 붙여주는 '마우스(Maus : 쥐) 혹은 모이셴(Maeus-chen : 작은 쥐새끼)보다는 훨씬 좋았다. 어릴 적에 아버지가 간교한 사람을 일컬어 '쥐새끼 같은 놈'이라고 부르셨기에 나는 '쥐님'만은 절대로 사랑할 수 없는, 어떤 거부감을 가지고 있었다. 다행히 나는 쥐가 아닌 다람쥐가 되었다.

애칭에 어울리게 가령, 앞발을 모으고 싹싹 빈다든가, 이 나무 저 나무로 번개같이 타고 오르내린다든지, 앙증맞은 입으로 꿀밤을 까고, 이리저리 눈치를 굴리며 먹이를 땅에 묻는 그런 귀여운 짓까진 해낼 수 없지만, 그 야리야리한 느낌이 맘에 들어 어떻게든 좀 닮아가려고 은근히 애썼다. 그 이전까지 한국에서 듣던 키다리, 코주부, 짱구에 비하면, 드디어 내가 늘 되고 싶었던 '작고 귀여운 여인'이 된 것 같았다. 남편이 내게 그렇게 귀여운 이름을 붙여주었으니, 나 또한 답례로 그를 기쁘게 해주고 싶었다.

"당신은 무엇이 되고 싶어?" 하고 물었다. 남편은 가장 강한 것, 새 중에서도 독수리 같은 존재 'Adler(독수리)'라고 단호하게 대답했다. 독수리? 나는 남편에게 독수리라는 인상을 받지 못했다. 그나마 봐준다면 솔개 정도는 되겠다 싶었다. 하지만 난 귀여운 다람쥐이어야 하니까 원하는 대로 독수리라고 불러주기로 했다. 그 타협하지 않는 날카로운 야성과 서서히 힘차게 날갯짓하는 우아함을 겸비한 독수리! 게다가 자기 나라의 왕권, 저 신성로마제국을 이은 합스부르크 왕조를 상징하는 그것도 머리가 둘인 '쌍두 독수리'였다. 더욱 신기한 것은, 내가 그런 강한 새의 날개 아래 안주하고 싶었다는 사실이다.

나의 애칭이던 다람쥐는 딸아이가 태어나 자라면서 그 아이에게로 넘어갔다. 그것은 정말 그 아이에게 잘 어울리는 애칭이어서 전혀 서운함 없이 넘겨주었다. 그 무렵 남편은 내게 새로운 애칭을 붙여주었는데, 그것은 바로 개구리(Frosch)였다. 개구리 역시 유럽인들에겐 귀여움의 상징이지만, 우리에겐 별로 호감이 가는 애칭이 될 수 없었다. 몸은 납작하고 눈은 툭 튀어나온 솔방울, 입은 앞으로 쑥 밀려 나온 개구리라니!

오빠가 한국에서 우리 집을 방문했을 때였다. 남편이 나를 개구리라 부르는 걸 듣고 영 못 마땅해했다. 남편은 애칭만은 꼭 한국말로 불렀다. 아마 내게 더 친근감을 주려고 그랬던 것 같다. 오빠가 화난 얼굴로 내게 말했다.

"얘, 넌 그럼 오 서방을 돼지라고 불러 버려"

남편은 오스트리아 사람이라 우리 친정에서는 오 서방이라 통한다. 오빠가 오 서방을 놀려주라는 말에 내가 좀 서운해졌다.

"오빠, 오 서방이 좀 통통하기는 하지만 돼지 정도는 아니지."

오빠는 물러서지 않았다.

"너도 개구리는 아니잖아."

오빠의 피붙이에 대한 사랑이 얼굴에서 묻어났다. 나는 그러는 오빠를 조금씩 달래었다. 유럽에서는 개구리가 놀림의 대상이 아니다, 돼지도 뚱뚱하고 더럽다는 의미 말고 행운이라는 의미도 있다는 등등 두 나라의 서로 같고 다른 언어 풍습을 설명하면서 우리는 웃음을 되찾았다.

돼지라는 애칭 얘기로는 이런 일화를 빼놓을 수 없다.

독일 상류층 가정에서 마련한 파티에 잘생긴 외국인 유학생이 초대되었다. 이 친구는 쌍쌍이 추는 사교춤에서 파트너를 서로 바꾸어가며 능숙하게 춤을 추어 분위기에 잘 어울렸다. 주인이 그 친구에게 물었다.

"내 딸아이하고도 춤을 추었나?"

그러자 그 친구의 당당한 대답이 있었다.

"예, 저도 그런 돼지를 한 번 갖게 되었지요."

그 친구의 독일어 실력은 돼지라는 의미가 '행운'이라는 뜻으로만 알고 있는 정도였다. 문제는 그 집 따님이 진짜 '뚱보'였다는 것! 그 뒤 상황은 상상에 남겨두는 게 좋을 듯하다.

이제 환갑도 넘긴 남편은 여전히 멋진 독수리로 남아 있기를 원한다. 그러나 그 독수리의 날개는 점점 더 거대해져서 내 시야를 가리고 짙은 그늘을 만들어 '눈엣가시(Dorn im Ague)'가 되어버렸다. '눈엣가시'는 몹시 밉거나 싫어서 거슬리는 사물이나 사람을 뜻하는 관용어인데, 신기하게 독일어로도 실제 단어의 뜻과 달리 한국어와 같은 뜻의 숙어이다. 뿌리부터 완전히 다른 두 언어가 뜻이 같다니 신기한 일이다.

이런 내 생각을 아는지 모르는지 요즈음 내게 새로 붙여진 애칭은 'Drache(드라헤)'이다. '용'이라는 뜻이다. 이 말은 완전히 상반된 의미가 있다. 우리에게 용은 '거대한 권력'이나 '엄청난 행운'을 상징하지만, 이곳 오스트리아에서는 그런 의미와는 아주 반대인, '사탄', '액운', '잔소리 많은 악처'의 상징으로 쓰인다. 남편은 이 중 어떤 뜻으로 부르는 것일까. 좋아! 나는 우리 것의 의미로만 받아들이기로 한다. 모든 것은 마음먹기에 달린 것이 아닌가. 나는 당신의 '드라헤', 나는 당신의 영원한 '엄청난 행운'이다. — 2019년

우리 정원의 작은 기적들

올해 2021년 오스트리아의 봄 날씨는 엉망이었다. 사월은 원래 변덕이 심해서 그렇다손 치더라도 계절 여왕이라는 오월도 꽤 추웠다. 오죽하면 변덕 많은 사람을 사월 날씨 같다고 할까. 하루에도 수십 번이 바뀌어 얇은 햇살에 마음이 좀 밝게 열리는가 싶다가 눈보라를 날려 먹칠을 해대곤 그것도 모자라서 다시 눈비를 뿌린다. 그 변덕에 대한 노래까지 있다. ― 사월, 사월아 너는 다 네 멋대로구나.

영국의 작가 엘리엇이 왜 사월은 잔인한 달이라 했는지, 여기에 살면서 꽤 공감을 한다. 이 거친 기후에도 언 땅을 뚫고 여린 생명을 내보내는 자연을 두고 한 역설적인 말일 것이다. 우리는 이 한 달만 지나면 찬란한 해님의 왕관을 쓰고 초록의 시녀들을 거느린 여왕이 올 거라는 기대감으로 사월을 견뎌낸다.

올해는 그 기다림에 오월이 찬물을 끼얹었다. 몇 번인가 영하로 내려간 기온이 밭에 내다 심은 채소 모종들을 다 얼려버렸다. 이월부터 집 이층의 햇볕 든 곳에 마분지 컵에 씨를 심어 몇 달간의 정성과 시간으로 기쁨이 되어 올라온 생명이다. 온 집안에 흙칠갑을 한다고 늘어놓는 나의 잔소리에도 말없이 창조주 역할을 해내었던 남편이다. 근데 그 모든 것이 흔히 말하는, 하룻밤의 꿈처럼 사라져버렸다.

오늘 보니 유월의 햇살에 초록의 열매가 산뜻하게 반짝이는 나무가 있었다. 허망을 밀어제치고 보란 듯 얼굴을 내민, 희망으로 가득 찬 열매가 주렁주렁 달린 나무에 나는 '이민목(移民木)'이라 이름을 붙였다. 원래 그 나무는 이곳에서 'Japanische Kirche(일본 벚꽃)'라 불렸다. 나처럼 멀리 이국까지 와서 발을 붙이느라 크게 자라지 못했는지 처음에 이사 와서는 그 나무를 보지 못했다. 큰 키의 나무에 둘러싸인 정원에 앙상한 가지 몇 개가 보인 것을 그냥 지나쳤는데, 이듬해 봄에 핑크색 꽃이 서너 개 달렸다. 한국이나 일본에서 뭉게구름처럼 피어나는 벚꽃만 보아온 터라 그것이 벚꽃인 줄을 몰랐다.

몇 년을 두고 그 나무는 큰 나무들 속에서 병든 여인처럼 가냘프게 몇 개의 꽃만을 피워냈다. 무엇이든 크고 건장하고 무성한 것을 좋아하는 진취적인 남편은 그걸 베어내고 빨리 클 나무를 심자고 했다. 반면에 나는 저 벚나무가 울창해지려면 옆의 큰 나무를 베는 게 현명하다고 했다. 어림도 없는 제안이었다. 벚나무가 우리의 얘기를 알아들었는지 모르지만, 이듬해 열매를 맺기 시작했다. 그건 버찌가 아니고 앵두 같았다. 나무의 몸통에서 자라난 옆가지 하나가 초록색 잎을 내더니 열매가 달렸다. 한 나무에 두 가지 색의 잎을 가진 가지가 되었다. 원래 잎의

색은 홍갈색인데 뻗어난 곁가지에는 초록 열매가 달렸다. 첫해는 믿기지 않아 열매를 먹지 않았다. 여기서는 한 번도 보지 못한 열매였기 때문이다. 다음 해가 되어서야 조심스럽게 몇 개를 먹어보았다. 홍자주색 열매는 새콤달콤 맛이 있었고 배탈도 나지 않았다.

인터넷의 도움으로 그것이 '중국 자두'란 걸 알았다. 나무도 혼혈처럼 섞이면 강해지는 건가. 그래서 이민목이 되었다. 잼도 만들고 날로도 먹으면서 어디선가 기적처럼 날아온 행운의 바람에 감사했다. 많은 과일이 이겨내지 못한 사오월의 변덕과 심술에도 나의 '이민목'만은 풍성한 열매로 우리에게 큰 기쁨을 안겨주고 있다. 그 혼혈의 이점을 우리 아이들도 백분 발휘했으면 좋겠다는 바람도 가져본다. 유럽의 큰 자두도 아니고 한국의 앵두도 아닌, 우리 아이들의 모습 같은 새로운 열매를 달고 정원에 한 자리 잡고 들어앉아서 이젠 한 식구가 된 이민목이 기특하다. 기대하지 않았는데 변함없이 주렁주렁 많은 자두를 달고 생명력을 뿜내며 우리의 허망을 달래주고 있는 내 정원의 첫 번째 기적이다.

오랜만에 딸아이가 집에 왔다. 습관처럼 정원을 한 바퀴 돌더니 앞 정원 조그만 웅덩이를 들여다보며 소리쳤다.

"엄마, 저 금붕어가 아직도 살아있네. 이건 기적이야."

맞다! 이건 기적이다. 그 녀석은 몸뚱이보다 더 큰 종양을 등에 짊어지고 3년을 넘게 살아가고 있다. 처음 등에 희끄무레하게 콩알만 한 종양이 보일 때 남편은 자신의 의학지식을 내세워 안락사를 시키자고 했다. 어차피 곧 죽을 거니 고통을 덜어주자는, 인간의 관점에서는 현명한 뜻이고도 했다. 그렇지만 나는 어떤 것에건 끝에 다가오는 슬픔에 젖기 싫었다. 힘으로든 기적으로든 스스로 일어날 수 있을지 기다려 보자고 했다. 우연을 바라는 논리에 깊은 의미를 두지 않는 남편이 웬일로 나의 논리를 수용했다.

조그만 웅덩이에 열세 마리의 금붕어를 길렀다. 녀석들은 세 차례의 환난을 겪었다. 그럴 때마다 개체수가 눈에 띄게 줄어 결국 한 마리가 남았다.

첫 번째 환란은 웅덩이에 낀 파란 이끼를 제거한다며 화학 약제를 뿌렸을 때다. 분명히 동물에게는 해가 없다고 쓰인 설명서를 읽고 안심하고 뿌렸는데 작은 것 몇 마리가 죽고 제일 크고 멋진 놈은 등이 휘어진 채 반년을 살다가 떠났다.

두 번째 환란은 겨울에 찾아왔다. 금붕어는 찬물 물고기라며 어항으로 옮기는 것을 미루다가 갑자기 닥친 추위에 얼음장 밑에서 또 반이 죽어 나갔다.

세 번째 환란은 여름에 일어났다. 물이 얕은 웅덩이의 물이 더워졌다며 시원한 물로 갈아준답시고 잠시 큰 함지로 옮긴 후 긴 시간을 잊어버렸다. 물고기들은 배를 뒤집고 죽어 있었다.

이런 고비를 넘기며 살아남은 게 한 마리, 바로 혹부리였다. 혹시 그 혹이 산소통인 걸까. 오늘도 혹부리는 커다란 혹부리를 짊어지고 여유작작 헤엄치며 놀고 있다. 이변이라고 가볍게 생각하고 넘기며 혹부리의 삶이 지옥이 아니길 바랐다. 기우였다. 녀석은 그 큰 혹을 달고 언제나 평화롭게 생명 그 자체를 즐기고 있는 듯이 오늘도 유유히 활공하듯 웅덩이를 헤엄치고 있다. 딸아이의 말처럼 나도 기적이라 하고 싶다. 우리 정원의 두 번째 기적이다. ─ 2020년 6월

첫사랑의 수수께끼

나이가 들면 추억을 먹고 산다고 했던가!

환갑이 되던 해였다. 고국을 떠난 지도 삼십 년이 되었다. 뿌리가 잘린 것처럼 많이 흔들리며 살아가던 그즈음, 카톡 한 통이 날아왔다. 중학교 동기들이 만난다는 소식이었다. 카톡이 생기고부터 친했던 친구와의 연락이 수월하게 잦아졌다. 잊고 있었던 단발머리와 까까머리들의 소식도 가끔 들었다. 얼굴은 그려지지 않고 이름은 아른아른했다. 한가한 시간이 많아지니 태어난 굴로 되돌아가고 싶은 늙은 호랑이가 되나 보다.

모임은 광복절에 모교에서라고 했다. 하필이면 삼복더위다. 그리 덥지 않은 유럽 중부 날씨에 익숙해진 나다. 찜통더위엔 천금을 준다 해도 거절할 판이다. 거기다 사십여 년 만의 만남에 그동안 굵어진 허리를 감출 수도 없는 얇은 여름옷을 입어야 한다는 것도 조금은 낭패였다. 하지만, 부푼 그리움은 모든 악조건을 뛰어넘어 벌써 고국에 가 있었다. 뿌리를 다시 잇는다는 기쁨 또한 모든 망설임을 어제의 눈처럼 사라지게 했다.

마음은 설레는 십오륙 세의 소녀가 되었다. 그러나 이 초로의 노인들은 어느 별에서 왔는가! 한 사람도 알아볼 수 없었다. 다행히도 모두가 이름표를 앞가슴에 달고 있었다. 그 이름표와 얼굴을 한참 동안 들여다보니, 이름들 속에서 그 십대의 모습들이 조금 보였다. 뜻밖에 우리의 인기 선생님인 수학 선생님도 와 계셨다. 대학을 갓 졸업하고 처음 부임한 학교라 학생들 이름을 많이도 기억하셨다. 나를 몇 가지 추억 속으로 불러주셔서 놀랍고 기뻤다.

다른 스승들은 보이지 않아 좀 섭섭했다. 나를 참 이뻐해 주셨던 국어 담당인 담임 선생님도 생각났다. 눈이 움푹 들어가서 빠꼼이라 불렀는데, 순한 성격 때문에 남학생들이 버릇없이 애를 많이 먹였다. 그때마다 난 그 남자애들을 얼마나 미워했던가! 세월이 많이 흘렀다. 선생님들은 대부분 생존하지 않거나 노쇠한 탓으로 참석하지 못하셨. 그때 수학 선생님은 우리에겐 엄청나게 존경스러운 윗분이었다. 그런데 지금 보니 같이 늙어가는 친구 같은 생각이 들었다. 졸업식 사은회 때 '검은 장갑 낀 손'이라는 작별 노래를 불러 우리의 눈물을 쏙 빼놓았던 그 멋쟁이 선생님에게 한 동기가 "자네는 누군고? 명찰도 안 달고." 해서 폭소가 터졌다.

앞이마가 조금 벗어진, 중간 키의 한 친구는 나를 빤히 쳐다보더니 "네가 이젠 나보다 작네" 하며 옆에 와서는 아주 흐뭇하게 내려다보았다. 자세히 보니, 그때 꼬맹이로 늘 맨 앞줄에 앉아 있어 관심 밖이던 남자아이였다. 유전적 요인으로 조숙한 데다 형편상 한해를 묵고 학교엘 갔으니, 나의 키는 다른 아이들보다는 머리 하나는 더 컸던 것 같다. 나도 작고 날렵한 귀여운 여학생이 되고 싶었지만, 자연현상은 그 반대로 몰아갔다. 제일 싫었던 것은 줄을 서서 행진할 때다. 운이 나쁘면 짝이 없이, 맨 뒷줄에서 어깨를 움츠리고 추적추적 혼자서 따라가야 했다. 그러면 지나가던 사람들이 "쟤는 뭘 먹고 저렇게 삐죽하게 키가 커" 하며 한 마디씩 빈정대곤 했다. 부끄럼이 많았던 나는 더 고개를 숙이고 앞 아이의 등에 몸을 작게 웅크려 붙였다. 그 열등감은 유럽에 온 후 평균치에 속하면서 다행히도 사라졌다.

그 시절 우리는 80명의 남학생에 40명의 여학생으로 동과 서라는 두 반으로 나누어져 있었다. 첫해에는 40명의 여학생에 20명의 남학생이 보충되어 한 반이 되었다. 기가 죽어 있던 소수의 남학생이 반란을 일으키는 바람에 다음 해부터는 40명의 여학생이 반으로 나누어져 남학생 반에 들어간 것으로 기억된다. 그 시절의 놀이와 노래로 어우러지며 우리는 다시 학창 시절로 되돌아갔다.

식사 시간에 둘러앉아 옛이야기가 시작되었고, 물론 거기서 풋내기 때의 첫사랑 이야기는 빼놓을 수가 없다. 어떤 남학생들은 두리번거리며 누군가를 찾는 듯했고, 그러면 눈치 빠른 친구들은 그 여학생의 이름을 불러주었다. 그 눈은 아련한 그리움에 차 있는 듯했고 얼굴은 아직도 붉어졌다. 동기들은 누구는 누구의 짝이었다고 그 사연들을 서로 얘기하며 분위기는 점점 더 들뜨고 뜨거워졌다. 나는 어느 누구에게도 첫사랑의 대상이 아니었던 모양이다. 나의 이름은 나오지 않았다. 등교하곳길의 바위 위에 새겨졌던 두 주인공은 어떻게 되었으며, 총각 선생님과 소문을 뿌렸던 그 친구는 서로가 인연을 맺었는지, 정말 철없이 아름다웠던 추억들이 쏟아져 나왔다. 하지만, 이루어진 사랑은 없는 거로 보였다. 그래서 미완성의 첫사랑은 더 애달프고 아름답게 남은 듯하다.

시골의 가정에서는 여자아이는 상급학교에 보내지 않았다. 경제적인 문제도 있었지만, 여자에게는 학교교육이 그다지 중요하게 생각되지 않던 때였다. 나는 초등학교 졸업반 동네 여자아이 열넷 중 간신히 중학교에 들어간 두 명 중 하나였다. 일 년을 고집부리며 울어댄 성과였다. 그렇게 투쟁해서 진학하고는 등록금을 못 내 항상 쪼들리며 우울하게 지내야 했다. 내게도 낭만과 꿈도 있었는데, 첫사랑의 추억 한 번도 없이 지나갔다는 삭막함에 왠지 좀 씁쓸했다. 누구의 기억 속에도 한 가닥 애틋한 그 무엇으로 남아 있지 않다는 건, 몇만 킬로미터를 거의 하루를 소비해 가며 날아온 것에 대한 보상으로는 좀 미흡하지 않은가!

그때 좀 먼 거리에 앉아 있던 멋진 신사가 일어서서 내게 오며 "어~ 너 물지게 지고 가던 아이 아니냐?" 하며 환하게 웃었다. 우리 마을에는 내가 중학교를 졸업할 때까지 수돗물도 전기도 들어오지 않았다. 우리는 샘물을 길어 양동이에 담아 머리에 이거나 물지게로 길어다 먹었다. 겨울이면 형제들 사이에 물 긷기 때문에 싸움이 잦았다. 물지게를 지고 오르는 빙판의 골목길은 아주 혹독한 벌이었다. 그때의 내 모습을 아무에게도, 더구나 동년배의 남학생들이 본다는 건 상상할 수 없는 수치였다.

"네가, 내가 물지게 지고 가는 걸 언제 봤어?"

사십 년 전 일임에도 오늘인 양 내 모습이 부끄러웠다.

"응 고교 입학시험을 치르고 난 후 겨울에, 친구들과 떼 지어서 이 동네 저 동네로 몰려다니다가 네가 사는 마을에도 갔었어."

나는 전혀 기억에 없다.

"그래서, 내가 어떻게 했는데?"

"물지게 내려놓고 달아나버렸어."

'그럼 저 친구였나?' 언젠가 남자애들 몇몇이 몰려다니며 우리 집 대문 안을 기웃거리다 아버지의 벼락 치는 소리에 달아났던…. 저 친구도 함께 있었다는 사실이 믿기지 않았다. 그는 준수한 용모에 항상 조용했고, 사람이나 사물을 한 발짝 뒤에서 관찰만 하는 헤르만 헤세의 데미안 같은 소년이라고 생각했었다. 내게 한 번도 말을 건 적도 수학 문제를 도와준다고 가까이 온 적도 없었다. 남학생 대부분은 짓궂었고 여학생들을 골려주는 것이 취미인 양 우리를 괴롭혔다. 그러나 그 틈에 한 번도 낀 적이 없던 소년이었다. 완전히 다른 문화권에 적응하며 사느라 많은 것을 잊고 살았던 나와는 상반되게, 그는 참 많은 기억을 술술 풀어내었다. 그 시절에 말없이 관찰한 것들을 다 입력해 놓았던 태엽이 풀리는 것처럼. 그렇게 들려주는 자잘한 사건과 추억들이 잃어버린 반평생을 채우고 있었다.

농담처럼 "나를 좋아한 남학생은 없었나 보다?" 하고 실망한 얼굴을 해 보였다. 그가 빙그레 웃으며 큰 사건 하나가 있긴 했다고 했다. 우리는 눈을 빛내며 그를 쳐다보았다. 한 남학생이 편지를 써서 한 달 동안이나 포켓에 넣고 다녀 너덜너덜해진 조각을 주웠다는 것이다. 이 새로운 얘기에 재밌어 깔깔대며 누구냐고 물었다. 늙은 소녀들의 철딱서니 없는 호기심에 질린 듯, 사생활 보호 차원에서 말해 줄 수 없다고 했다. 우리는 김 빠져 하며 웃어넘겼고, 나의 써늘할 뻔했던 사춘기가 조금은 위로받았다. 한 입 빠른 여자 동기가 그에게 물었다.

"혹시 너의 첫사랑은 진이 아니었니?"

그는 얼굴을 붉히며 완강히 부정했다. 혹시나 하던 한 가닥 연분홍 꿈이 사그라지고 말았다. 하루가 저물어 가고 우리는 일어서야만 했다. 방바닥 생활에 익숙하지 못한 내가 일어서려고 버둥거릴 때 그가 손을 내밀었다. 따스하고 부드러웠다. 그 손을 영원히 놓고 싶지 않을 만큼. 저 초로의 신사가 무덤까지 가져간다는 첫사랑의 비밀은 끝내 알아내지 못한 채 짧은 만남은 끝나고 우리는 각자의 생활로 돌아갔다.

다시 내가 사는 빈으로 돌아오자마자 황급히 졸업앨범을 펼쳐보았다. 변해버린 지금의 얼굴들에서 십대의 얼굴을 찾아내고 싶었다. 그 속에 그 소년과 내가 나란히 서서 찍은 한 장의 사진이 담겨 있었다. 어느 가을의 수학여행 때인 것 같다. 단풍 가지를 들고 있는 것을 보니……. 나는 그 단풍 가지로 얼굴의 반을 가리고 부끄러운 듯 그 아이 옆에 서 있었다. ─2021년

행복을 느끼는 순간

여기 오스트리아도 차츰 한국의 여름을 닮아가는 듯하다. 오락가락 내린 비에 불쾌지수가 한껏 올라갔다. 이날따라 차가 고장이 나서 정비소에 가 있다. 그 봄비는 대중교통, 에어 컨디션도 없는 전철을 이용해야 한다는 생각에 속이 조금 부글거리고 있었다. 내가 처음 여기 왔을 때, 1980년대만 해도 이런 무더위는 없었고 비가 오면 여름에도 오히려 추웠다. 한여름에도 30도를 웃도는 날이 겨우 손가락으로 셀 정도였다. 자동차엔 에어컨디션도 없었고, 더울 땐 창문을 조금 열기만 하면 견딜 만했다. 몸은 달라진 기후변화를 실감 나게 체험하고 있는데 많은 대중 교통편은 아직도 옛날 시스템 그대로이다.

전철에 올라 두리번거리다 맨 구석 자리를 찾아 앉았다. 몸에 척척 달라붙는 면 블라우스를 펄럭거리며 바람을 좀 집어넣고 있었다. 그때 두 남자가 전철 안으로 들어왔다. 갑자기 온 전철 안이 악취로 가득해졌다. 사람들은 코를 약간씩 벌름거리며 그 악취의 정체를 찾고 있는 눈치였다. 그 둘은 들어서며 자리를 찾고 있는 듯했다. 앞에 선 젊은이의 훤칠한 키와 빛나는 얼굴 뒤에 선 남자의 모습은 보이지 않지만, 그 냄새의 정체는 분명 그 뒤의 조그만 늙은 남자한테 들어 있는 것 같았다.

드디어 그 아도니스가 자리를 잡고 앉자 그 노인의 모습이 드러났다. 몇십 년도 넘게 세탁하지 않은 것 같은 쩔고 너덜거리는 옷을 입었다. 벗어진 머리 위엔 몇 가닥밖에 안 남은 가녀린 회색 머리카락이 찰싹 달라붙어 있었다. 모두의 시선이 그에게로 향했다. 배워 온 교양을 총동원하여, 코를 막는 무례까진 범하지 않았다. 하나, 제발 자기들 곁에 앉지 말아 주기를 바라는 표정은 어쩌지 못했다. 나도 마찬가지로 불쾌지수가 더 높아지기를 바라지 않았다.

아도니스는 벌써 앞자리 다른 곳에 자리를 잡았고, 나도 다른 이들과 마찬가지로 그 노인이 지나쳐 가기만을 아슬아슬하게 기다렸다. 그런데, 노인은 털썩 내 맞은편 빈자리에 엉덩이를 쑤셔 박으며 앉는 것이 아닌가! 아주 예의 바르게 인사까지 하면서. 가까이 오니 누더기에선 냄새가 더더욱 진동했다. 내가 내릴 정거장은 아직 멀었는데, 대놓고 상식없게 자리를 바꿀 수도 없었다. 계속 애꿎은 시계만 내려다보며, 노인이 손을 벌리면 몇 푼의 동전으로 저 친절한 인사에 보답해야 하나를 계산하고 있었다.

노인은 한술 더 떠서 빙긋이 웃음까지 보내왔다. 웃는 입안에 새카맣게 썩은, 몇 개 남지 않은 이빨이 보인다. 그 역겨운 입을 다물지 못하고 노인은 계속 흐물흐물 웃고 있다. 나는 바짝 긴장했다. 경계태세를 취하며, '빌어먹을! 저 노인네 눈에도 내가 동양 여자라고 상당히 만만해 보이나 보지.' 동양 여자는 순종적이고 착하다는 일반적인 통념이 지배하는 이 나라에서 어디에서나 자기방어를 위한 대책이 필요했다.

'이제, 저 거지마저도 치근덕거리면 내 자존심이 도저히 용납 못해.'

외국인 콤플렉스가 불쑥 올라와 긴장과 경계를 더 조였다. 핸드백을 바짝 당겨 가슴에 붙이고 등을 빳빳이 고쳐 앉았다. 여차직하면 내려칠 마음을 먹었다.

노인의 몸이 점점 앞으로 다가오며 거리가 좁아진다. 무슨 엉뚱한 수작이라도 걸어올 시에 대한 방어태세는 갖추어졌다. 슬며시 핸드백에 힘을 주었다. 남자가 손을 들어 올린다. '드디어! 돈을 좀 달라는 거로구나' 가방을 연다. 큰 종이돈이 보이지 않게 재빨리 동전을 꺼내려 했다. 노인이 고개를 저으며, 검지에 더 힘을 주면서 내 등 뒤의 창밖을 가리킨다. 무심결에 남자가 가리키는 검지 쪽으로 고개를 돌렸다.

뒤돌아본, 내 등 뒤의 창문 밖으로 보인 것은 파란 하늘을 거의 반으로 가로지른 거대한 활의 곡선이었다. 그것도 하나가 아니고 또 하나를 겹친 영롱한 쌍무지개!

나는 고개를 돌린 그 자세로 한참동안 창밖을 바라보았다. 나처럼 그렇게, 전철 안 사람들이 내 등 뒤의 하늘을, 그 하늘에 펼쳐진 두 겹의 쌍무지개를 보고 있었다. 노인에게는 더 냄새가 나지 않았다. 그저 행복이 느껴지는 시간이었다. ─2021년

렁둥눈

굴뚝 수리

남편은 천성적으로 낙천적이다. 집안에 자잘한 문제가 생겼을 때 절대 먼저 나서는 법이 없다. 아내가 잔소리로 몰아붙여 일을 하게 될라치면 두서가 없다. 필요한 연장을 찾아볼 생각은 하지 않고 홈디포에 가서 공구부터 사 온다. 그러고는 설명서를 보는데 한나절이다. 웬만한 인내심이 아니면 보아주기 힘들다.

그해 겨울, 며칠간 많은 비가 내렸다. 아내가 밤중에 뭔가를 발견했다. 벽난로의 벽으로 물줄기가 꾸물꾸물 내려오고 있었다. 다급하게 굴뚝을 수리하려고 전문가를 불러 견적을 뽑았는데, 비용이 만만치 않았다. 남편은 수리비를 아낀답시고 직접 지붕을 오르락내리락했다. 하지만 실패, 임시방편으로 굴뚝에 천막 천을 둘러놓았다. 이후 굴뚝은 몇 년이 지나도록 그것으로 버티고 있었다. 굴뚝을 천막 천으로 씌워놓은 것도 보기 싫었지만, 겨울에도 벽난로에 불을 지피지 못한 아내는 불만이 가득했다. 아내가 남편과 맞장을 뜨고 싶을 때다.

결국, 굴뚝을 수리하기 위해 지붕에 오른 아내의 지론은 이렇다. '요즘처럼 일에 남녀의 구별이 없는 세상에, 남자건 여자건 누군가 할 수 있으면 다행이지. 수리비가 천오백 불이라는데…' 그렇다고 살면서 지붕에 올라가 본 적도 없는 아내가 뭔가를 알고 시작했을 리는 없다. 굴뚝의 구조부터, 굴뚝 벽에 물이 새는 이유, 필요한 재료가 무엇인지, 어떻게 수리하는지 유튜브를 통해 배웠다. 재료상에 가서 직원의 설명을 듣고 필요한 재료를 사 왔다. 시애틀의 겨울비가 시작되기 전에 해치울 요량이었다.

다행히 지붕은 가파르지 않고 비스듬하게 경사져 있다. 너덜너덜해진 천막 포장을 벗기니 그 안은 옐로우자켓이라는 말벌과 비슷한 곤충의 소굴이다. 굴뚝 주변에서 윙윙거리며 발악하는 그들을 빗자루로 쫓아낼 때 아내는 무적의 아줌마다. 맨눈으로 보기에도 굴뚝은 문제가 많았다. 연통이 세 개 솟아 있는 굴뚝 꼭대기에도 시멘트가 갈라져 있다. 벽돌에 낀 이끼는 물론이고 벽돌 틈에 바른 몰타르도 바스러지고 떨어져 나간 곳이 눈에 띈다. 굴뚝과 지붕이 만나는 지점에는 치마처럼 빗물받이가 있다. 그 부분에 틈이 생겨도 벽으로 물이 샌다고 했다.

성하지 않은 몰타르와 이끼를 긁어낸다. 빡 빡악, 끄윽 끅. 뭔가를 수리하거나 치료하려면 원인을 알아야 한다. 1956년에 지은 집이다. 굴뚝은 묵묵히 제 일을 하다 처음으로 탈이 났는지도 모른다. 두어 차례 집주인이 바뀌었지만 살던 사람들이 피워 내는 웃음도 눈물도 연기와 함께 한결같이 지붕 위로 힘껏 빨아올렸으리라. 그 오랜 세월 동안 집안을 따듯하게 데워 주면서도 연기는 바깥으로 뽑아내는 일이 말처럼 쉽지는 않았을 것이다. 제아무리 견고한 것이라도 세월의 흐름을 타지 않는 것은 없다. '그래. 내가 네 자존심을 당당히 세워 주마.' 아내는 갱년기를 지나는 자신의 몸에 생긴 변화인양 생채기 난 굴뚝을 위로한다.

벽돌 틈을 메울 회반죽을 만드는 일에는 요령이 필요하다. 빠르게 굳는 회반죽은 너무 물이 많아도 물이 적어도 곤란하다. 눈금자가 있는 컵을 사용해서 정확한 비율로 섞어 제시간 안에 발라야 한다. 다행히 벽돌 틈에 꼭 맞는 볼록한 연장이 있다. 꾹꾹 눌러가며 틈새에 회반죽을 밀어 넣고 그 연장을 사용해 쓱 훑어주면 예쁘게 홈이 만들어진다. 벽돌 틈에 홈을 만들며 나날이 허리선이 없어져 가는 자신의 모습을 떠올린다. 남편은 벌써 D라인이다. 뱃살을 줄이기 위해 전쟁 중이다.

아내의 모국은 굴뚝이 집 밖에 있지만, 남편의 자란 이곳의 굴뚝은 대개 지붕 위로 솟아오른다. 벽난로에 난방을 의지하던 집의 구조상 벽난로는 거실의 중심이다. 그 정서적 유산인지, 난방이 발달하여 벽난로를 지피지 않는 집들도 거실의 소파는 벽난로를 중심으로 모여 있다. 사람이 모이게 되는 벽난로와 그 굴뚝에 대한 추억이 다양할 수밖에 없다. 산타는 굴뚝으로 들어와 선물을 놓고 가고, 가족들은 벽난로 근처에 양말을 걸어놓고 선물을 주고받는다. 타닥타닥 타오르는 벽난로 불을 바라보며 차를 마시고 휴식을 취한다. 온돌이 발달한 아내의 나라에서도 굴뚝의 의미는 각별하다. 뜨뜻한 방바닥, 갓 지은 밥 한 그릇을 생각하면 벌써 하루의 피로가 가신다. 밖에 나갔던 가족이 저문 석양에 집으로 향할 때 집 굴뚝에 연기가 피어오르는 것을 보면 발걸음이 절로 빨라졌으리라.

두 굴뚝의 차이처럼 아내와 남편은 정서적 차이가 크다. 남편은 벽난로에서 굴뚝으로 직진하는 연기처럼 직설적이어야 평안하다. 돌려서 말하면 잘 못 알아듣고 혼란스러워한다. 아내는 구들장을 덥히며 굽이굽이 천천히 돌아 나오는 연기처럼 은유적이다. 하지만 요즘 서로를 닮아 가는 중이다. 한 지붕 아래에 살면서 집안에 연기를 많이 내지 않고 벽난로에 불을 피우는 법을 배웠고, 침대 한쪽에 온돌처럼 뜨뜻한 전기장판을 깔아도 좋다는 것을 알게 되었다.

굴뚝을 수리 중인 아내는 차츰 자신이 이런 일에 재능이 있는 것이 아닐까 하는 생각마저 한다. 평상시와 눈높이가 다른 지붕에 오르니 나무들과 지붕이 모여 있는 마을이 한눈에 보이고 멀리 캐스케이드산맥도 훤히 다가온다. 오래된 동네라 집집마다 키 큰 나무가 많다. 새삼, 사는 동네가 이랬구나 싶다. 이웃들의 지붕과 굴뚝은 안녕하신지도 흘깃 점검해 본다.

남편은 마당에서 잔심부름을 한다. 결혼할 때 엄청 커 보였던 그가 요즘 조금 작아 보인다. 연기처럼 피어오르는 여러 생각을 꾹꾹 개어 굴뚝 지붕에 시멘트를 두툼하게 바른다. 표면이 매끈하게 되었는지 눈으로 몇 번 가늠해 본다. 모든 부분이 잘 마르기를 기다렸다. 마지막으로 굴뚝 지붕과 치맛자락 밑까지 아스팔트 같은 걸쭉한 방수재를 꼼꼼히 발랐다. 마치 어떠한 빗물도 스며들지 못하게 하는 부적을 붙이는 것처럼. 드디어 굴뚝 수리가 완전히 끝났다. 그녀는 땀방울을 닦고 연장을 거둔다. 새로 단장한 굴뚝 사진을 찍고, 전망 좋은 지붕에 앉아 남편이 공수해온 맥주를 들이킨다.

　새로 단장한 굴뚝은 멀리서 보아도 당당하다. 이제 마음 놓고 굴뚝에 연기를 피워 올릴 수 있겠다. 아스라한 이내가 마을을 감싸는 풍경화. 길은 마을을 향해 나 있고, 어느 집 굴뚝에서 연기가 모락모락 피어오른다. 매캐하게 장작 타는 냄새가 저녁 골목에 푸르스름하게 퍼진다. 소박한 저녁상에 둘러앉아 머리를 맞대고 보리밥도 달게 먹는 사람들의 평화를 그려본다. 굴뚝의 연기는 세상에 보내는 안부 편지다. 저 여기 잘 있어요, 세상과 소통하듯 안녕을 전할 것이다. ― 2020년 『에세이스트』 3·4월호

눈산

하늘이 검푸른 커튼을 활짝 열어 빛줄기를 내보낸다. 벌판 저 멀리 우뚝 솟은 만년설 봉우리가 핑크빛으로 상기되어 있다. 이른 아침 카톡 소리와 함께 온 풍경이다. 여명에 볼 수 있는 장엄한 순간이다. 이런 여유 때문일까? 시애틀에서 타코마까지 출퇴근하는 남편은 운전대를 잡는 대신 시간이 훨씬 더 걸리는 기차를 탄다.

해발 4392m로 우뚝 솟은 레이니어산 봉우리는 한여름에도 하얀 눈으로 덮여 있다. 시애틀에서도, 남쪽의 타코마에서도, 캐스케이드산맥 너머 저 동쪽의 야키마에서도 볼 수 있다. 배를 타고 바다에 나가도 지면에 바로 떠오른 산처럼 보인다. 국립공원으로 지정된 레이니어산은 높이도 높이지만 산의 반경만도 수백 제곱킬로미터가 넘는다. 멀리서 보면 하늘의 여백에 하얗게 우뚝 솟아 있는 그림 같은 봉우리이지만 가까이 가면 더욱 장엄하고 신비한 모습이다.

레이니어산에 여러 번 갔다. 산으로 가는 길은 '아직 멀었어?'를 몇 번 말하게 하는 빽빽한 침엽수림 지대를 지나야 한다. 백두산으로 가는 길이 그럴까? 신비로운 산에 다가가는 일은 그런 지루함쯤은 잘 참아야 한다. 자동차로 굽이굽이 산을 한참 오르면 캐스케이드의 다른 봉우리와 능선이 겹겹이 펼쳐져 보이는 확 트인 곳에 도착한다. 파라다이스! 그 풍경에 얼마나 감탄했으면 '파라다이스'라 이름 지었을까? 여름에는 타지에서 온 손님을 핑계 삼아서라도 한번 다녀와야 한다.

방문객들에게 인기 있는 파라다이스는 1645m의 산 중턱이다. 하얀 봉우리가 바로 앞에 잡힐 듯 다가온다. 카메라를 어디에 갖다 대든지 멋진 사진이 나온다. 산의 숨골인 양 골짜기는 바람을 불어 내리고, 바람을 불러들인다. 눈 덮인 봉우리를 보며 등산로를 걸으면 보라색과 하얀색, 빨간색 꽃들이 어우러져 바람에 흔들린다. 그 꽃들을 보고 온 날은 눈을 감아도 언덕 가득 핀 꽃의 잔상이 아른거린다. 어디선가 꽃향기가 나는 것 같은 환후(幻嗅)를 느낀다. 들꽃을 스친 바람이 내 몸에 휘감아준 꽃향기가 한겹 한겹 풀리는 듯 말이다.

산의 북동쪽에 위치한 선라이즈 쪽도 만만치 않다. 한여름에 눈 위를 걸을 수 있는 등산로가 많다. 프로즌 레이크(Frozen Lake)를 배경으로 아직 솜털같이 작고 귀여운 아이들과 젊고 건강해 보이는 엄마와 아빠, 그 가족사진은 어느 해 여름 눈산이 준 선물이다. 만년설이 녹아 골짜기로 콸콸 쏟아지는 회색의 계곡물 소리도 좋다. 귀여운 마못과 다람쥐를 만나면 발길을 멈추고 사진을 찍는다. 작고 단단해 보이는 나무들은 생각보다 나이가 아주 많을 것이다. 나무 한 그루, 돌 하나에도 보물을 숨겨 놓은 듯 산을 숭배하던 원주민 부족들의 전설이 깃들어 있을 것 같다.

레이니어산에서 제일 높은 곳, 만년설 봉우리는 탐방객들의 접근이 허락된 곳이 아니다. 전문 등반가들이 도전하지만 해마다 한두 번씩 조난 사고가 나기도 한다. 원주민들은 이 산을 타호마(Tahoma)라 했다. 신들이 사는 산, 말 그대로 신령한 산이란다. 이 산의 신령함과 교감한 사람이라면, 신을 믿지 않더라도 이런 장엄한 자연 앞에서 저절로 조물주를 찬송할 것이다.

지상에서 언제나 바라볼 수 있는 큰 봉우리가 있다는 것은 축복이다. 늘 바라볼 수 있는 곳에 삶의 나침반 같은 봉우리가 있다면 흔들리며 사는 우리는 그 봉우리로 인해 길을 잃지 않을 것이기 때문이다. 워싱턴주에 사는 사람치고 멀리서든 가까이서든 그 산에 마음 한 자락 기대보지 않는 사람이 어디 있으랴.

우리 가족은 운전하다가도 확 트인 전경이 나오면 레이니어산이 보이는지 살핀다. 차 안에 있는 사람은 산이 보이면 누구랄 것도 없이 소리친다. "저기 봐. 와아, 멋있다!" 자주 보는 풍경이건만 남편은 나에게 빨리 사진을 찍으라고 재촉한다. 한여름에 산과 눈을 마주칠 때, 눈 덮인 봉우리는 빵빠레 아이스크림콘을 닮았다. 나는 짓궂은 장난을 한다. 옆구리에 주름을 쭈욱 잡아가며 부드럽게 솟아오른 하얀 봉우리를 보고 혀를 쓰윽 내밀어 핥아먹는 시늉을 한다. 눈산은 아직까지 내 장난을 귀엽게 받아준다.

시애틀 지역의 한인들에게 '눈산'은 그냥 눈 덮인 산이 아니다. 레이니어산을 부르는 또 다른 이름이다. 산은 눈산이란 이름을 준 한인들에게도 그 넉넉한 품을 내준다. "힘들지? 위에서 보면 아무것도 아니란다. 두려워 말고 마음껏 누리렴." 이민 생활로 힘들고 지친 자들의 어깨를 토닥여 주는 것 같다. 눈산이란 상품명도 있고. 눈산을 좋아해서 지역 신문에 '눈산 조망대'란 칼럼을 오랫동안 쓰신 분도 있다.

눈산은 내게도 특별한 장소다. 늘 바라볼 수 있게 항상 거기 있어 주는 산, 늘 가고 싶은 산, 내가 이방인이 아니라 살고 있는 이 지역을 사랑하는 주민임을 자각하게 해 주는 산이다. 눈산! 누구인지도 모르는 어떤 사람의 이름, 레이니어(Rainier)보다 얼마나 정겨운 이름인가.

— 2021년

호미와 연필

호미를 들고 나가 땅을 파 보았다. 호미는 어머니의 등을 긁어주던 효자손처럼 흙의 표면만 긁어 댈 뿐 땅을 깊이 파지 못한다. 호미 날은 겨우 작은 깻잎만큼 남았고, 나무 손잡이의 끝은 뭉실하게 닳아 있다. 주인이 흘린 땀에 쇠붙이마저 녹아내린 때문일까? 낡아서 땅을 잘 파지 못하는 호미는 대신 어떤 기억 하나를 파낸다.

한여름 더위에 어머니를 따라 밭을 매러 가는 일은 참으로 고역이었다. 햇볕이 너무 뜨거워, 길이 노랗게 흔들리며 어지럽기까지 했다. 그래도 어머니를 따라나섰던 것은 호랑이도 나온다는 산밭에 어머니 혼자서 얼마나 무서울까, 하는 생각 때문이었다. 한편으로는 밭일을 하면서 어머니가 풀어놓는 이야기보따리의 유혹을 물리칠 수가 없었다. 밭을 매는 동안, 옛날이야기뿐만 아니라 살아오신 이야기들이 실타래가 풀려나오듯 끝없이 이어졌다. 어머니가 풀어놓는 실타래를 놓칠세라 귀는 어머니의 목소리에 열어두고, 건성건성 김을 매며 밭고랑을 따라갔다.

어머니의 밭고랑에는 시대가 뿌린 억센 풀들이 어찌 그리 많았던 것일까? 일제강점기와 6.25전쟁이 어머니의 젊은 날이었다. 일제강점기 때, 향촌에서는 아직도 서당 교육이 대세였고, 드물게 일제(日帝)가 세운 소학교가 있었다. 하지만 여자들이 다닐 학교는 없었다.

"내가 남자로 태어나지 못헌 것이 한이제. 여자로 태어나 배우지도 못허고, 가문을 잇지도 못허고 인생이 꼬여부렀다. 어느 해던가, 동네에 야학이 들어왔제. 야학에 가서 한글을 배웠는디, 잘했다고 상으로 연필을 받았어야. 난생 처음으로 연필을 만져봉게 얼마나 신기하고 좋던지! 우리 할아버지한테는 귀헌 한문책들이 수레로 실어낼 만큼 많았제. 내가 남자로 태어났다면 그걸 다 물려받았을 턴디, 할아버지 돌아가시고 난 후에 보니까 그 많던 책들이 다 어디로 사라져 부렀는지 해평 아재 집에 몇 권만 남아 있드라. 어찌나 속이 상하던지."

어머니는 딸들이 호미를 잡기보다는 연필을 잡는 사람이 되기를 원하셨다. 고된 농사일에 새까맣게 그을린 촌 아낙네의 얼굴로 면사무소나 농협에 일을 보러 갈 때마다 기도하셨다고 한다. 당신의 딸들도 저렇게 그늘에 앉아 펜을 잡는 일을 할 수 있다면 얼마나 좋을까 하고. 매일 아침 일어나 정안수를 떠놓고 비는 것도 모두 자식들에 대한 간절한 소원이었을 것이다. 어머니는 우리 자매들에게 뜨개질이나 자수 같은 것을 전혀 못 하게 하셨다. 그런 것 할 시간이 있으면 글이라도 한 자 더 읽으라고 하셨다.

어머니의 바람은 다섯 딸 중에서 세 딸이 교편을 잡게 되는 것으로 이루어지는 듯했다. 언니에 이어 나도 대학을 졸업하고 교편을 잡게 되었다. 동생도 대학 졸업 후, 곧 교직에 들어섰다. 첫 발령을 받았을 때, 내가 사는 양을 보려고 어머니가 오셨다. 잠자리에서 어머니가 낮은 목소리로 물었다.

"아이들이 말은 잘 듣데? 옛말에 선생 똥은 개도 안 묵는다고 했다. 속상한 일이 있어도 항시 남의 아이들 귀히 여기고 잘 가르쳐라. 근디 월급은 얼매나 받냐?"

"보너스랑 합쳐서 한 백만 원 받아요."

"허허, 그러면 쌀이 열 가마니네. 니 한 달 월급이 내 일 년 농사보다 낫다."

어머니는 호미 대신 '연필'을 잡은 딸이 자랑스러웠는지 이마를 쓰다듬어 주셨다. 그런데 나는 어머니의 자부심을 지키지 못 하고, 남편을 따라 미국으로 건너오면서 교편을 놓았다.

어머니가 돌아가시기 이태 전이었다. 오래 벼르던 끝에 태평양 건너 우리 집에 오신다고 하셨다. 나는 어머니와 하고 싶은 일들을 적어 놓고 어머니께서 오실 날을 기다렸다. 그중에 으뜸이 어머니가 살아오신 이야기를 써 드리는 것이었다. 막상 어머니가 오셨을 땐, 두 살짜리와 여섯 살짜리 아이들 뒤치다꺼리로 바쁘기만 했다. 또 과외와 도서관의 시간제 일로 바쁘게 집을 드나들었다. 어머니는 그런 내 모습을 보며 무척 속이 상하셨던가 보다.

"그 좋은 직업을 놔두고 와서, 여기서 왜 이 고생이냐?"

"열심히 살려고 하는데, 격려는 못 해 줄망정 왜 그래요?"

나는 어머니의 마음을 헤아리지 못하고 짜증을 내었다.

어머니는 무료하실 때, 창가의 흔들의자에 앉아 조용히 아이들이 읽는 전래동화집을 읽곤 하셨다.

"아이고, 어찌야 쓰까? 얼른 가서 콩쥐 눈물 좀 닦아줘야 쓸 턴디…"

"심 봉사가 눈을 번쩍 떴구나! 어쩜 요리도 맛깔스럽게 썼을까이?"

돋보기를 쓰고도 어머니는 순진무구한 어린아이처럼 이야기 속에 푹 빠져들곤 하셨다.

우리 집에 계시는 동안, 어머니가 살아오신 이야기를 써 드리고, 어머니가 마음껏 글을 쓸 수 있도록 맞춤법에 맞는 글쓰기도 가르쳐 드리고 싶었다. 허나, 바쁘다는 핑계로 어느 것 하나 실천하지 못하고 말았다.

어머니가 한국으로 돌아가실 때, 잘 깎은 새 연필 몇 자루와 공책을 가방에 넣어 드렸다. 어머니는 연필을 기쁘게 받으셨다.

"하이고! 요새 연필은 좋기도 허다. 내가 이 연필로 글씨 연습도 허고, 너한테 편지도 쓰마."

어머니가 돌아가신 후 보니, 고향 집 수돗가 나무 기둥에는 세 자루의 낡은 호미가 걸려 있었다. 그중에 손잡이가 유난히 반질거리던 한 자루를 가져왔다. 잡초를 뽑고 밭고랑의 흙을 파던 어머니의 호미가 심었던 것은 무엇일까? 어머니의 유품이 된 낡은 호미를 만져보며 생각에 잠긴다.

어머니와 밭을 매러 다니던 어린 시절, 김은 잘 매지 못했지만, 어머니의 이야기들은 부지런히 내 실꾸리에 옮겨 감았던 것 같다. 이제는 어머니 스스로 쓸 수 없었던 이야기들을 써 드리는 것이 내 소원이 되었다. 어머니가 살아오신 이야기를 써서 언젠가 당신의 산소에 바치고 싶다. 그 이야기들이 없었다면, 도시에서 방황하던 시절의 내 생도 뙤약볕 아래 뿌리 뽑힌 잡초처럼 나동그라졌을지도 모른다. 나는 어머니의 원대로 연필로 글밭을 일구며 살고 있으니, 이제는 내 실꾸리에 옮겨 감았던 어머니의 사연들을 지상에 풀어내고 싶다.

어머니의 연필이 되고 싶다.

— 2012년 『미주중앙일보』 신인문학상 수필 대상

호박이 넝쿨째 굴러갔다

팔월의 텃밭은 생산력이 무르익은 삼십 대의 여인네다. 품 안의 자식들을 잘 건사하여 풍성한 기쁨으로 하루를 맞는다. 열무가 싱그럽고 미나리와 상추가 푸짐하다. 싱싱한 잎새에 앙증맞은 꽃들도 여름이라 즐겁게 피어난다. 고추는 하얀 꽃을 빼곡히 달고 있다. 부추꽃도 쑥갓꽃도 예쁘기만 하다. 보라색 도라지꽃도 한창이다. 작은 벌들도 부지런히 드나든다. 잘 익은 방울토마토는 빨간색, 노란색으로 색깔도 곱다. 여느 과일 못지않게 다디달다. 덜 익은 것을 따서 유통하면서 익힌 토마토와는 비교할 수 없다. 토마토가 채소라는 사람들은 이렇게 잘 익은 토마토를 먹어보지 못한 것이 틀림없다.

제아무리 좋은 씨앗도 잘 자라려면 흙이 좋아야 한다. 우리 텃밭이 풍성한 것은 퇴비 때문이다. 뒷마당에 손바닥만 한 텃밭 짓는 일도 농사는 농사라 나는 흙 욕심이 있다. 산책하다가도 두더지가 파 놓은 까만 흙을 만나면 그쪽으로 한참 고개가 돌아간다. 욕심이 동하는 것이다. 나무 둥치가 검붉게 곰삭아 부슬부슬한 가루로 내려앉아 있을 때도 그렇다. 저 흙에 미나리를 심으면 참 좋겠다, 저 흙에 더덕 심으면 좋겠다, 나들이 간 엄마가 맛있는 음식을 보고 자식들 생각하는 것 같아 피식 웃는다.

텃밭 농사를 짓지 않는 옆집에는 커다란 초록색 퇴비 통이 있다. 과일 껍질이나 채소를 넣어 퇴비를 만든다. 가슴팍 높이의 철망 울타리 때문에 마당에서 일어나는 일은 서로가 다 들여다보고 있다. 마당이 좁은 이웃은 우리 마당까지 즐기고, 울타리 아래 우리 텃밭은 방해받지 않고 오후의 해를 실컷 누린다.

지난봄, 텃밭 흙을 고르고 있는데 옆집 리오 아저씨가 자기 집 퇴비 더미를 자랑했다. 흙을 좀 보여주는데 새까맣다. 지렁이가 꿈틀댄다. 농사도 안 짓는 사람이 퇴비 자랑으로 한참 침을 튀겼다. 그날 후로 맛난 음식을 앞에 둔 것처럼 옆집 퇴비 통에 눈이 갔다. 참다못해 그 퇴비를 좀 나누어 줄 수 있는지 물었더니 좋다고 했다. 가끔 우리 텃밭의 수확물을 얻어먹으니 거절하기 어려웠을 것이다. 그의 마음이 바뀔세라 즉시 삽과 가장 큰 고무통을 들고 옆집으로 갔다.

리오 아저씨가 득의양양하게 퇴비 통의 뚜껑을 열었다. 잘 익은 퇴비 냄새가 훅 끼쳤다. 가슴이 뛰었다. 퇴비를 만든 이유가 있을 듯해서 얼마나 가져가도 좋은지 물었다. "삼 분의 일쯤." 약간 실망이었다. 농사도 안 지면서 퇴비로 뭐 하냐고 물었더니, 집안에 놓는 화분의 밑거름으로 쓴다고 했다. 퇴비 통에 삽을 넣었다. 지렁이가 바글거리는 보슬보슬 새

까만 거름이다. "이거 그냥 쓰면 안 돼. 다른 흙과 절반씩 섞어 써야 해." "알았다, 오바!" 가져간 고무통에 거름을 퍼 담았다. 끌고 올 것도 없이 울타리 너머로 쏟아 넘겼다.

이웃집 퇴비와 우리 집 흙은 합궁하듯 고루 섞이어 봄을 맞았다. 그런데 요상하다. 심지도 않은 새 생명이 줄줄이 태어났다. 이웃집 퇴비가 품었던 씨들이 자궁에 착상하듯 우리 집 텃밭에 턱하고 자리를 잡았나보다. 토마토 싹들이 쑥쑥 올라왔다. 어떤 종자인지 모르는 호박 싹도 힘차게 올라왔다. 그 녀석들의 싹트는 폼이 예사롭지 않아 다른 작물을 심는 것을 포기했다. 어차피 자라는 것을 보는 재미가 반인 걸 무엇을 심은들 어떠랴.

씨들의 생태를 보면 경이롭다. 칠백 년이 지난 고려 시대의 연꽃 씨가 발아해서 아라홍련이란 이름 다시 태어났다지 않나, 고대의 밀 씨에서 싹이 났다고 하질 않나. 옆집 거름통에 있던 씨들도 과육은 다 썩어 거름이 되어도 저는 썩지 않고 때를 기다리고 있었던 게다. 거름더미에 몇 년을 묻혀 있던 것들이 썩지 않고 기어코 발아해 놀라운 생명력을 보여준다. 눈에 띄지도 않는 잡초의 씨들은 또 어디에 숨었다가 철마다 줄기차게 나오는 걸까. '씨앗은 하나의 우주다'라고 한 육종학자 우장춘 박사의 말에 크게 공감한다.

자식 크는 기쁨을 나누고 싶은 어미같이 여름의 텃밭은 하루에도 몇 번씩 나를 불러낸다. 자랑하고 싶을 것이다. 텃밭에는 건강하게 옹기종기 잘 자라는 자식들이 영양분을 받아먹느라 시끌벅적하다. 해를 한 줌이라도 더 받으려는 경쟁도 치열하다. 각기 제가 받은 성정을 맘껏 뽐내며 팔월의 하늘을 향해 발돋움한다. 토마토는 열매가 열리면서 어떤 종자인지 제 모습을 보여준다. 길쭉한 토마토와 분홍 토마토였다. 호박은 쑥쑥 뻗어 나갔다. 우람한 줄기를 울타리 밑으로 기어가라고 길을 내줬다. 몇 번 암꽃이 혼자 피었다 속절없이 사그라졌다. 수꽃이 한 송이 피자 드디어 교배하였나 보다. 암꽃이 핀 자리마다 동그란 열매가 맺혔다.

작은 씨들도 이렇듯 자신의 역할을 잘 감당하는데 나는 어디에 떨어진 씨일까? 척박한 땅, 기름진 땅, 가시덤불 속, 씨가 떨어질 곳을 선택할 수는 없다. 하지만 식물과 달리 사람은 상황이 어찌 되었든 자신의 노력으로 열매를 많이 맺기도 하고 게으름으로 좋은 땅을 버리기도 한다. 내게 주어진 씨의 본분을 다하고 있나 생각해 본다. 그 씨로 인해 몇십 배의 수확이 있을까? 아무 열매도 맺지 못하고 불 속에 던져질 쭉정이는 아니어야 할 텐데….

식물의 재롱을 받으며 텃밭에 물을 준다. 기운찬 생명과 눈 맞춤하는 시간이다. 싱그러운 생명의 기를 깊게 들이마신다. 헌데 호박 줄기 하나가 철망 사이로 기어나갔다. 고개를 빳빳이 들고 옆집으로 쭉쭉 뻗어가고 있다. 반항하는 사춘기 아이처럼 엄마 눈을 피해 모험에 나섰나 보다. 줄기를 우리 쪽으로 빼내 올 생각으로 조심스럽게 다가갔다. 어라, 울타리 너머에 벌써 동그란 호박이 자리를 잡고 있다. 줄기를 잡아당기면 그 열매와 줄기가 상할 것이 분명했다.

울타리 너머 호박은 하루가 다르게 탐스럽게 커간다. 거름통에 묻혀 있다가 싹이 터서 자란 것도 신기한데, 우리 집 호박은 제가 온 곳이 거기라고 본가를 찾아간 것이 분명하다. 입맛을 다시며 싱싱한 호박잎을 딴다. 호박잎 쌈이나 먹어야겠다.

호박이 넝쿨째 굴러가 버렸다. ─ 2020년 『에세이스트』 3·4월호

A4와 레터 사이즈

고향에 가는 꿈을 꾸었다. 기차가 힘차게 달리고 있다고 생각했다. 그런데 기차 바퀴는 한 바퀴도 돌지 않고 있었다. 달린다고 생각했던 기차는 제 자리에 멈추어 있었던 게다.

강산이 두 번 변한다는 세월을 미국에서 살았다. 2~3년에 한 번 가는 고국 방문은 피붙이와 친구들이 있어 즐겁다. 하지만, KTX 속도만큼이나 빠르게 변하는 환경이 매번 놀랍기만 하다. 한때 삶의 터전이었던 서울이나 부산에도 낯선 것투성이다. 살았던 곳이라 푸근함을 느끼는 것이 아니라 처음 방문하는 도시를 여행할 때의 긴장감마저 느낀다. 지하철을 타려면 표를 사는 것부터 꽤 오랫동안 사용법을 읽어야 한다. 택시비가 얼마나 나올지 가늠하지 못하고 택시를 탔다가 후회한 적도 있다. 서울 중심가엔 한글보다 영문 간판이 더 많다. 기대한 것보다 늘 몇 배의 변화가 있다. 그와 더불어 사람들의 정서도 달라져 있다.

어리숙한 행동들이 생각나 계면쩍다. 서울에서 가져온 서류들을 정리한다. 어라, 문서가 이곳에서 산 레터(letter) 사이즈의 바인더 위로 튀어나온다. A4의 도드라진 길이에 당황하며 잠시 손을 멈춘다. 한국을 비롯하여 많은 나라의 표준화된 문서 용지는 A4다. 전지, 즉 A0 종이를 낭비 없이 네 번 반복하여 접을 때 A4가 된다. 가로 세로가 1대 $\sqrt{2}$ 비율로 몇 번을 접어도 정확하게 그 비율이 유지되는 경쾌한 국제 표준 규격이다. 반면, 미국에서 가장 많이 사용하는 종이는 레터 사이즈다. A4는 레터 사이즈보다 길이가 더 길고 너비는 약간 좁다.

그 때문에 한국에서 보내온 전자문서를 생각 없이 인쇄하면 문서의 아래가 잘리고 만다. 온라인으로 졸업증명서와 성적표를 신청한 적이 있는데 문서가 A4로 세팅된 것을 모르고 레터 종이에 인쇄하다 낭패를 보았다. 아랫부분의 내용이 잘린 채 출력된 문서를 보는 순간, 잘려나간 것은 미국에서 인정되지 않는 한국에서의 나의 이력인 듯하여 울컥했다.

A4는 미국에서는 특수한 종이다. 가끔 한국의 공모전에 원고를 보낼 일이 있었는데 A4용지에 인쇄해서 동봉하라는 것이다. A4용지를 사러 문구점을 서너 군데 다녔지만, 그 무렵엔 A4 종이를 구하지 못했다. 결국, 큰 종이를 사다 A4 크기로 잘라 사용했다. 지금은 A4용지를 몇 묶음 구해놓고 필요할 때마다 쓰고 있다.

나에게 A4는 정장 셔츠를 입은 초임 시절이다. 그때는 기안용지라는 문서 형식이 있고, 책상에는 전결, 미결, 완결이란 서류철이 있었다. '결재판에 담아서 문 앞에서 노크 세 번, 문을 열고 들어가 상사 앞에서 90도로 절하고 결재판을 펴서 서류의 머리를 돌려 두 손으로 공손하게 올리고, 몇 걸음 물러나 기다린다. 질문이 있으면 대답하고, 나올 때는 뒷걸음으로 세 걸음 물러선 다음 다시 90도로 절하고 절도 있게 뒤돌아 나온다.' 선임이 가르쳐 준 내용이다.

A4의 세계에 살 무렵에는 종이를 아껴 써야 한다는 말을 많이 들었다. 신장개업이나 무엇을 광고하는 전단이 신문에 끼어오면 그것을 모았다가 공부할 때 이면지로 사용했다. 레터의 세계는 종이가 너무 흔하다. 레터의 아이들은 멀쩡한 종이를 한 묶음씩 휴지통에 버리기도 한다. 나는 그 종이가 아까워 가끔 재활용 쓰레기통에서 깨끗해 보이는 종이를 모아 사용하기도 한다.

미국은 계량 단위 면에서 독불장군이다. 인치(inches), 마일(miles), 갤런(gallons), 파운드(pounds)처럼 국제 표준에서 벗어난 단위를 사용한다. 학교에서 미터법을 배우기 때문에 사람들이 미터법에 문외한은 아니다. 과학, 수학 등 학술 분야에서는 국제 표준에 따른 미터법을 쓴다. 그런데도 이 제도를 바꾸지 못하는 것은 사람들이 익숙하기도 하지만 이것을 바꾸려면 천문학적 비용이 들기 때문이라고 한다.

레터 사이즈는 절도 있는 A4와 다르다. 품이 넓은 셔츠를 입고 단추를 두어 개 푼 자유분방한 청년 같다. 문서를 주고받을 때 크게 정해진 양식이 없다. 날짜, 보내는 사람과 받는 사람 주소를 쓰고 내용을 쓴 다음, 그 내용과 관련된 자료가 몇 부 추가되었는지를 쓴다. 공적인 효력이 중요한 경우에만 형식을 좀 고려한다. 직장에서의 문서는 대부분 이메일로 오간다. 미국 사람들에게는 종이 사이즈를 특별히 언급하는 것은 왠지 법적으로 중요한 일인 경우가 연상된다고 한다.

규격이나 격식은 행위를 변화시킨다. 미국 생활을 시작한 이래 레터 치수에 맞추어 살려고 노력한 흔적이 방안 곳곳에 있다. 많은 수료증과 교사 자격증, 월급명세서, 책장에 가득 꽂힌 연수 책자들, 한국어 수업 자료가 모두 레터 사이즈다. A4와 레터는 종이 규격이지만 이것은 문화의 차이다. A4였던 나는 튀어나온 부분을 잘라내는 것은 어렵지 않았다. 하지만 가로를 늘리는 일은 늘 힘겨웠다. 이곳 사람들과 가치관이 다를 때, 내가 선택한 방법은 '아, 저 사람은 저런가 보다.' 인정하고 왜 그럴까를 따지지 않는 것이다. 원래 다른데도 왜 다르냐고 따지면 결론이 없다. 이제 좌우의 여백을 조금 늘이고, 높이를 약간 줄여야 할 레터 규격에 조금 익숙해졌다.

레터 사이즈에 적응해 가는 지금의 나의 모습은 고국에서 어떤 모습으로 출력되고 있을까. 좌우의 여백이 없고 밑 칸이 비어 있는 모습은 아닐까? 다시 불안하다. 또다시 고향 가는 꿈을 꾼다면 그때는 온전하게 기차가 달릴 수 있을까. 설레는 속도로 기차가 고향 역을 향해 다다르고, 나는 기쁜 마음으로 역사에서 나와 환한 햇살 아래 활짝 핀 해바라기를 보고 싶다. ― 2021년 『에세이문학』 가을호

유금란

뜨거웠던 날은 가고

타는 냄새가 난다. 또 불인가. 화들짝 놀라 뒷마당으로 뛰어나간다. 하늘은 더없이 푸르고 투명하다. 초가을 햇살은 반쯤 익은 레몬 나무 위에서 노랗게 부서지고, 담장 위의 초록은 어느 때보다도 산뜻하다. 다 그대로이다. 냄새의 진원지를 찾아 코를 킁킁거린다. 한 줄기 바람에 고기 타는 냄새가 실려 지나간다.

Queen's Birthday, 2차 코로나바이러스 규제가 풀리고 나서 처음 맞는 연휴이다. 주내 장거리 여행이 가능해지고 식당이나 카페의 제한 인원이 50명으로 늘었다. 사방에 둘러쳐져 있던 투명한 막이 걷어진 느낌에 몸마저 가볍다. 지금 이런 좋은 기분을 깨고 있는 정체는 이웃집에서 건너온 바비큐 하는 냄새였다. 철렁했던 가슴이 가라앉으며 그새 잊고 있었던 불탄 블루마운틴 자락으로 마음이 바쁘게 옮겨간다. 텔레비전을 보고 있던 딸에게 빌핀에 가서 늦은 점심을 먹자고 청해본다. 빌핀에서 만들어진 애플파이와 발효 사이다를 좋아하는 딸은 바로 자동차 열쇠를 찾고 있다.

오랜만에 풀린 규제 때문인지 빌핀으로 가는 길은 제법 차가 많다. 블루마운틴 북쪽에 자리한 빌핀은 사과가 많이 나는 동네로, 산불 피해가 컸던 곳이다. 해마다 이맘때쯤이면 일부러 들러 사과와 애플 사이다를 사 오곤 했다. '과수원은 열었을까. 사과는 제대로 수확했을까. 내가 찾아가고 있는 샐러 도어는 무사할까.' 길을 나서긴 했지만, 혹시나 하는 조바심이 떠나질 않는다.

산불이 잠잠해지면서 곧바로 불어닥친 코로나 팬데믹으로 산불은 기억 속에서 까맣게 지워졌었다. 불과 4개월 전, 마운트 빅토리아에서 빌핀으로 내려가는 길에 보았던 블루마운틴 자락은 아랫도리가 텅 비어 있었다. 뼈만 남은 나무들은 하나같이 숯검정이었다. 어마어마하게 커다란 민둥산에 까만 나무들이 성냥개비처럼 꽂혀 있던 풍경은 바로코 풍의 그림처럼 을씨년스럽기 짝이 없었다. 불꽃을 닮은 듯한 빨간 싹이 드문드문 솟아 있긴 했지만, 초록의 흔적은 어디에도 없었다. 그렇게 까맣던 산은 지금쯤 어떤 빛깔을 띠고 있을까. 사과 농장을 지키려던 소방관의 사투와 농장 주민들의 아우성이 되살아나며 나는 지난여름의 악몽으로 다시 빠져들었다.

처음 탄내가 퍼질 때는 평소처럼 기관에서 하는 백 버닝이려니 했다. 그럴 때마다 마을로 내려오던 매캐한 냄새에 익숙한 터였다. 그러나 이번에는 달랐다. 반나절이면 걷히던 탄내가 다음날이 되어도 그대로였다. 빨래와 야외 테이블에 재가 쌓이는가 싶더니 연무가 걷히질 않았다. 채널마다 산불을 특보로 다루기 시작했고 집에서 멀지 않은 동네에서 저절로 불이 붙어 타고 있는 나무가 동영상으로 배달되었다. 곧 잡히겠지 하던 불길은 전국에서 동시에 붙어 올랐다. 불의 대부분은 자연발화였고, 모방 방화도 적지 않았다. 기온이 연일 40도를 웃돌았다.

연말이면 더 바빠지는 회사는 에어컨을 최대치로 가동했다. 밤에도 누그러지지 않는 열대야 때문에 밤잠을 설쳐댔다. 출근길, 연무에 막혀 빛을 퍼뜨리지 못한 태양이 붉은 달처럼 보였다. 달은 새빨갛게 달아오른 채 한낮에도 하늘에 떠 있었다. 보는 이의 감성을 묘하게 자극했다. 너무 해괴하고 고혹해서 두 마음 품은 악녀처럼 음습해 보이기까지 했다. 국운이 쇠하던 신라의 마지막 달빛이 저러지 않았을까 하는 불안감이 스쳤다. 타운 홀이나 오페라 하우스를 바라보며 사람들은 저마다 사진기를 높이 들이댔지만 아무도 즐거운 표정이 아니었다.

어느 순간 연기가 집 창문 틈을 뚫고 방까지 들어왔다. 도시 전체가 타는 느낌이었다. 아니, 지구 전체가 벌겋게 달궈지고 있었다. 시드니가 소돔과 고모라로 바뀌는 장면을 상상하며 기도란 것을 간절히 했다. 그러나 12월 마지막 날에도 여전히 붉은 달이 된 태양은 지상으로 빛을 퍼뜨리지 못했다.

2019년 마지막 날, 하버 브리지 불꽃놀이 행사가 여론에 밀려 취소되는가 했는데, 폭죽은 제시간에 보란 듯이 터졌다. 그날 내 두통은 뱃속까지 내려갔다. 여름이 다하는 동안 비는 결코, 오지 않았다.

어느새 길은 산으로 접어들어 오르막으로 바뀌어 있다. 머릿속은 아직 지난 불길 속에서 헤어나지 못하고 있는데, 저만치에 숲이 보인다. 그런데 저건 분명 초록이다. 꽉 채워지진 않았지만 나무마다 흔들리고 있는 저 연둣빛은 분명 통통하게 물오른 새잎이다. 너무 반가워 탄성이 절로 나왔다. 얼마나 힘들었을까. 까맣게 탄 불기운을 초록으로 바꾸느라 하늘과 땅과 바람은 얼마나 분주했을까. 사람이 바이러스와 전쟁을 치르는 동안, 자연은 숲을 살리기 위해 사력을 다했던 모양이다.

빌핀은 사이다 샐러 도어가 있는 농장마다 사람들로 장사진을 이루었다. 우리가 찾은 곳도 다른 때보다 많이 복닥거린다. 더럭 겁이 난다. 벌써 이래도 되나 싶어 차에서 선뜻 내리질 못한다. 어느새 규제와 통제에 익숙해진 내가 사람을 피해 나를 보호하고 있는 모습이다.

차 문을 열자 상큼한 애플 사이다 향이 반갑게 맞아준다. 인원 제한 때문에 실내로 바로 들어가지 못하고, 야외에 설치된 판매대에서 탭 사이다 먼저 맛본다. 3대가 함께 운영하는 단골 농장에는 원조 격인 주인 할아버지까지 나와 있다. 그의 안내를 받는다는 것은 오늘 운이 좋다는 의미이다. 불을 이겨내고 코로나 규제도 풀려 다행이라며 위로의 덕담을 주고받는데, 그의 웃음 끝에서 알 수 없는 바람이 부서진다. 덤으로 얹은 사이다까지 종류별로 챙겨 차로 향하는데 공사를 하다 멈춘 주차장 한쪽이 눈에 띈다.

나는 가을걷이를 거두듯 사이다를 차 트렁크에 채워 넣고는 주변을 산책할 요량으로 뒷마당을 향해 걸음을 옮긴다. 여긴 벌써 가을이 깊숙이 와 있다. 하늘과 땅은 이제 한시름 놓았는지 더없이 고요하기만 하다. 농장을 나와 큰길로 꺾어지는데, 샐러 도어 아래쪽 울타리에 낯선 무엇인가가 커다랗게 붙어 있다. 한눈에 들어오는 부착물은 부동산 에이전트에서 설치해 놓은 광고판이다.

'FOR SALE'

마른 바람처럼 부서지던 그의 웃음이 그 위에서 다시 부서져 내린다. 사람의 질서가 자연의 질서보다 회복되기가 더 힘든 것인가. 새 주인이 오면 불탄 나무에 싹이 돋듯, 이곳에도 새로운 사과 향이 돋을까. 도착해서 마신 애플 사이다의 알콜 기운이 이제야 도는지 몸에 열이 오른다. 내 안에서 또 불이 일어나려는 모양이다. ― 2020년 『한호일보』

바다의 기척

바다는 먼 땅에 닿아 있었다. 이제야 그 비밀을 알아차렸다. 그것은 길이었다. 바다 깊숙이 길의 원형인 땅이 있었고, 그 위에 바닷길이 있었다. 푸른 바닷길은 흐르기를 마다하지 않았다. 구름처럼 흘러 흘러, 내가 나고 자란 마을 한 귀퉁이를 어루만지고, 태평양을 돌고 돌아 시드니 해변에 도착했다. 산과 바다 중에 뭐가 더 좋으냐는 질문에 서슴없이 산이라고 답하곤 했다. 그러나 어느새 나는 바다에 가 있었다. 몸에서 당기는 본능 같은 것이었다.

몸살 끝에 바다 냄새가 그리웠다. 아니, 정확히 말해 비릿한 것들이 궁금했다. 팬트리를 열어보지만 비릿한 먹거리가 있을 턱이 없었다. 급하게 냉동고를 탐색한다. '제발, 제발~' 다행히 서랍 한쪽에 구겨져 있는 마른오징어 다리가 삐죽이 보인다. 냉큼 집어 가스 불 위에 석쇠도 없이 올려놓는다. 물결처럼 오그라드는 모습만 보아도 안도의 침이

고인다. 이내 쿰쿰한 냄새가 바로 코를 자극한다. 저녁에 현관문을 열고 들어오면서 찡그릴 아이의 얼굴은 뒷전이다.

호주는 갯벌이 없는 탓에 갯내 가득 머금은 어패류가 늘 아쉬움으로 남는다. 특히 몸살기가 있거나 기운이 없는 날이면 내 몸은 어김없이 꽃게탕이나 바지락 칼국수 등을 기억해 낸다. 살짝 말린 서대나 황새기, 오징어, 생굴, 파래 등의 향이 혀 안에서 굴러다닌다 싶으면 어느새 허기가 도진다. 허기는 그리움으로 바뀌고, 그리움은 바다에 닿는다.

남편이나 아이들은 생선 비린내를 몹시 싫어했다. 비린내가 심한 조기나 고등어를 저녁상에 올리는 날이면 퇴근해서 들어오는 남편의 반응을 먼저 살펴야 했다. 한국 식품점에서 오래 묵어서인지 이곳에서 굽는 생선 냄새는 유난스러웠다. 문이란 문은 다 열어놓고 방향제를 뿌려도 쉬 가시지 않았다. 아이들은 다음 날까지 교복에서도 냄새가 난다고 투덜거렸다. 되도록 비린 맛이 강한 생선은 피하려고 했지만, 어느 날 느닷없이 튀어나오는 욕구는 어찌할 수가 없었다.

달거리가 있기 며칠 전이면 영락없이 비린 것이 당기곤 했다. 달거리를 점치는 척도가 될 정도였다. 신비한 몸의 신호체계였다. 완성되지 못한 생명의 부스러기들이 몸에서 떨어져 나갈 때마다 몸살을 불렀다. 밀려 나간 빈자리에 새로운 씨앗이 들어오고, 또다시 죽어 나가기를 반복하는 생명의 순환고리는 썰물과 밀물의 조화를 닮아있었다. 내 몸에 저장된 바다의 기척이었다.

나는 강화 할머니 집에서 태어났고 항구인 인천에서 자랐다. 자연히 바다 먹거리와도 가까웠다. 할머니 동네로 넘어가던 고갯마루에 '노루매기'라고 불리던 언덕이 하나 있었다. 형상이 노루 목을 닮았다 해서 붙여진 이름이었다. 언덕에는 지붕 한쪽이 땅에 닿아 있는, 움막 같은 초가들이 따개비처럼 붙어있었다. 피난민들이 모여 사는 마을이라고 했다. 그래서 그렇게 보였던 것 같다. 목을 쭉 빼고 북쪽을 바라보는 노루의 시선이 황해도 앞바다에 닿아 있던 것이. 내륙으로 생선 팔러 나간 엄마를 기다리다 지쳐 굴뚝에 웅크리고 잠이 든 아이의 고개가 멀리 뚝 방에 닿아 있던 것이.

언덕마을에는 종일 비린내가 걸려있었다. 인근에서 조수 간만의 차가 가장 적고 물이 깊었던 갯골이라 마을은 제법 포구 역할을 했다. 고기잡이배들이 서너 척 묶여 있고, 깁다 만 그물이 곳곳에 쌓여 있었다. 할머니는 떠돌이들이 정착한 곳이라고 마을 근처엔 얼씬도 못 하게 했다. 마을을 두고 길을 멀리 돌아다니면서 나는 실향민에 대한 연민과 떠돌이에 대한 두려움을 동시에 갖곤 했다.

아버지는 고향인 강화 땅을 밟을 때마다 노루매기를 그냥 지나치지 않았다. 밴댕이, 전어, 병어, 조기, 숭어 등 선창에 나와 있는 것이라면 가리지 않고 들고 오셨다. '문화 류 씨'의 시조인 문화마을이 있는 황해도 앞바다에서 흘러온 것이라며 특별히 애틋하게 여겼다. 고향을 지척에 두고 가지 못하는 실향민들의 삶이 묻어서였을까. 아버지 손에 들려온 노루매기의 먹거리들은 금방이라도 물살을 타고 꿈틀거릴 듯 선명했다. 임진강과 예성강 줄기까지 모여든 거친 물 밭에서 건져 올린 수확물은 향부터 달랐다.

할머니는 바닷길을 더듬듯, 푸른 생선을 손질했다. 켜켜이 굵은 소금을 뿌려 채반에 밭치거나, 처마에 널었다. 절어진 생선은 해풍에 물기가 빠져나갈 때마다 감칠맛이 더해졌다. 그렇게 꾸덕꾸덕해진 할머니의 손길은 얼마 지나지 않아 자식들이 사는 인천, 서울, 수원 등지로 보내졌다. 나는 그렇게 할머니에게서 손질된 바다를 먹고 자라면서 자존심 센 강화 남자인 아버지의 성품을 닮아갔다.

이민 온 후에도 아버지는 잊지 않고 노루매기의 바다를 보내왔다. 멸치, 황태, 오징어, 김, 미역 등이 종종 안부 인사처럼 도착했다. 아버지가 보내온 마른 바다를 받을 때마다 나는 새 기운을 충전했다. 하지만 내 바다는 아버지에게로 한 걸음도 흘러가지 못했다. 아버지가 하늘로 떠나신 후 아버지의 바다도 더이상 흐르지 않았다. 다행인지 불행인지 그즈음에 나의 달도 기울었다.

맏딸이 오는 날이면 여지없이 병어회를 뜨시던 아버지. 딸을 위해 바다 다듬기를 즐거워하던 아버지는 지금 어느 먼바다를 흐르고 계실까. 실향의 바다를 여전히 거두고 있는지, 아버지가 보내온 교신처럼 오늘 내 몸이, 잊고 있던 그 바다의 기억을 불러내고 있다. 어쩌면 나의 달이 아직은 몰락하지 않았는지도 모르겠다.

바다는 땅에 닿아 있고 그 아래, 길이 있다. 나는 지금 시드니 해변, 노루매기 언덕처럼 솟은 망대 위에서 동쪽 먼 땅으로 가고 있다. 마침 서풍이 분다. ─ 2021년 『문학과 시드니』 창간호

윈더미어 호수의 시

초록이 보이면 마을이 나타난다는 말이 한 줄 시라고 했다. 그런데 이 말은 시가 아니라 사실이다.

호주를 여행하다 보면 '참, 여기가 이민자의 나라였지' 하고 새삼 느낄 때가 많다. 그것은 주로 두 가지 흔적 때문이다. 하나는 감옥, 또 하나는 광산. 이 두 낱말에는 온기가 묻어나진 않지만, 말이 실재하는 장소에는 대개 기막힌 풍광이 펼쳐진다. 감금되고 억제된 거친 욕망의 이미지가 연상되어서인지 때로는 보는 이의 감성을 극한까지 몰고 갈 때가 있다.

고국에서 온 손님들을 모시고 호주 정착 초기에 시드니 서북쪽으로 형성된 광산 마을을 돌아보기로 했다. 최종 목적지가 호주 근대문학의 대표 시인 헨리 로슨(Henry Lawson, 1867~1922)의 고향 머지(Mudgee)였으니 절로 문학기행이 되었다.

머지로 가는 길은 한산했다. 메마른 목장과 들판이 반복되어 펼쳐졌다. 어쩌다 등이 푸른 나무가 보이면 여지없이 작은 그늘에 소와 양이 떼를 지어 몰려 있었다. 늦여름 정오의 태양 빛을 받은 들판은 눈이 부셨다. 마른 풀로 가득한 들판은 추수를 앞둔 논처럼 황금빛으로 너울거렸다. 200여 년 동안 땅속에 갇혀 있던 금맥이 솟아올라 숨을 쉬고 있는 게 아닌가 하는 생각이 들 정도였다. 우리는 가끔 달리던 차를 멈추고 마른 대지가 뿜는 기운을 들이켰다. 그러고는 다시 침묵처럼 먼 길을 달렸다.

모국 손님들은 길 위에 걸린 맑은 하늘과 구름의 조화에 감탄사를 연발했다. 한동안 길 위에서 자연의 일부가 되곤 했다. 그렇게 자연 속을 달리다 보면 사람이 산다고는 믿어지지 않을 만큼 후미진 곳에 마을이 나타나곤 했다. 마을이 나타날 때마다 어떤 조짐이 있었는데 그것은 초록이었다. 초록이 보이면 이정표가 나타났고, 이정표를 따라 들어가 보면, 그곳에 정말 마을의 흔적이 있었다.

초록을 따라 들렀던 몇 개의 크고 작은 광산촌을 거치고 나서 조금 지루한 길이 이어질 즈음이었다. 멀리 얕은 산등성이에 제법 넓은 초록이 어른거렸다. 나는 초록이 보이니 곧 마을이 나타날 것이라고 일행들에게 읊조리듯 말을 뱉어냈다. "그거 그대로 시네." 일행 중 한 시인이 내 말을 받았다. 그러나 이 말은 시가 아니라 사실이었다. 초록이 보이면 그곳에 물이 있다는 의미이고, 물이 있으면 거기에 사람이 살 수 있다는 이치. 그게 뭐 대단한 발견일까마는, 나는 이 여행이 마치 그 깨달음을 얻기 위해 시작된 것 인양 흥분이 되었다. 황무지를 달리고, 들판을 달리고, 목장을 지나 언덕을 넘고, 산등성이를 돌아 마을에 가 닿으면서 나는 마른 대지 위에서 숨통처럼 솟아있는 초록을 보았다. 그리고 초록이 어린 그곳에 마을이 있다는 사실을 감지했다.

윈더미어(Windermere)는 머지 가까이에, 그런 초록이 어려 있는 곳에 위치한 인공 호수였다. 산등성이를 따라 내리막길 끝에 자리한 호수는 그릇에 담긴 물처럼 반듯하고 고요했다. 호수 한가운데는 실오라기 하나 걸치지 않은 미끄덩한 나무들이 조각처럼 떠 있었다. 꼿꼿이 서 있는 모양새로 보아 뿌리를 물속 아래에 깊이 박고 있는 것이 분명했다. 적어도 호수의 역사보다는 더 긴 수령을 가졌을 터였다. 잠긴 물 가운데서 흐르지 않고 저리 버틴 세월이 얼마나 될까. 그리고 저들은 얼마를 더 버틸 수 있을까. 회색빛 뼈처럼 되어 물속에 서 있는 나무들이 어쩐지 아슬아슬해 보였다.

호수 속 나무를 보고 있으니 문득 삶의 터전을 두고 떠나야만 했을 수몰지구의 생명체들이 궁금해졌다. 그들은 지금 어디에서 어떤 모양으로 살고 있을지. 제가 살던 땅을 기억이나 하고 있을지. 고향을 잃어버린 사람이나 고향을 빼앗긴 사람이나 갈 수 없어 안타깝기는 마찬가지일 것이다. 이제 기억 속에만 남아있는 내 고향은 그래서 수몰의 땅처럼 아득하기만 하다.

어쩌면 이민자는 물속에 발을 내린 채 하늘을 향해 꼿꼿이 서 있는 윈더미어 호수의 벌거벗은 나무일지 모른다. 물속 깊은 땅에 남아있는 고향의 기억을 빨아들이고 뿌리에 박힌 비늘을 털갈이하면서 오늘의 생명을 지키고 있는 나무.

　이튿날, 하루해가 막 산을 넘고 있을 때 우리는 다시 그곳에 섰다. 노을빛을 반사하는 수면 위로 헐벗은 나무들이 기묘한 행세를 드러냈다. 나뭇가지마다 까만 솜뭉치 같은 것들이 다닥다닥 붙어있었다. 자세히 보니 저녁이 되어 자리를 찾아온 까마귀 떼였다. 나도 모르게 '회색 뼈에 검은 꽃송이가 맺혔네!'라는 말이 튀어나왔다. 곁에 있던 모국 시인은 "그 표현 또한 시 한 구절이네!"라고 말을 받아 주었다.

　어둠이 호주 주변의 형체들을 밀어낼 때까지 우리는 그곳에 서 있었다. 나무에 붙어있는 까마귀들은 미동도 하지 않았다. 물 위에 아슬아슬하게 서 있는 나뭇가지를 쉼터라고 찾아든 새들의 귀환이 하도 장엄해 나도 모르게 '그래, 이건 정말 시야, 시가 맞아'라고 속으로 외치고 있었다.

　고향을 두고 왔다고 내 언어까지 잃어버릴 수는 없어. 희망이 무엇인지는 몰라. 소리가 들리지 않아도 좋아. 어둠이 초록을 덮고, 내 그림자마저 삼켜 버리면 그때부터 물속 내 고향은 달빛에 입을 벌려 지저귀기 시작해. 그것이 내 삶을 노래하는 시가 되는 거야. 윈더미어 호수의 벌거벗은 나무처럼. ― 2020년 『문학과 비평』 여름호

리카의 주근깨

— DSA 이야기2*

리카의 주근깨가 짙어졌다. 양 볼에 박힌 깨가 오늘따라 유난히 크고 까맣다. 혹시 달거리 중인가? 찬찬히 들여다보려는데 찡긋 윙크 한번 날리고는 재빨리 라커룸을 빠져나간다. 155 센티미터 남짓한 키에 22인 치쯤 되어 보이는 잘록한 허리를 가진 필리핀 여인, 리카가 떠난 자리에 향수 내음이 진동한다.

리카와 나는 회사에서 장애우 직원들을 돕는 일을 하고 있다. 장애우 직원들이 출근하는 순서대로 그날 해야 할 분량의 일을 개인의 상태에 맞게 배치해 주고, 완성된 양을 보고서에 기록하는 일이다. 이들 대부분은 성격장애나 지적인 장애를 가지고 있어 얼른 보아서는 보통 사람과 크게 달라 보이지 않는다. 하지만 조금만 주의 깊게 들여다보면 개인차가 크다는 것을 바로 알아차릴 수 있다. 일하면서 항상 긴장을 유지하면서 몸과 마음을 효율적으로 써야만 하는 이유이다. 리카와 나는 이 일에 제법 익숙해 있지만 날마다 터지는 크고 작은 소음에 적잖이 스트레스를 받고 있다. 특히 리카는 장애우 직원들에게 지나치게 친절해서 문제가 되곤 한다. 그들이 독립적으로 일을 하게 도와야 하는데 자기 몸을 먼저 쓰기 때문이다. 누군가가 조금만 힘들어한다 싶으면 어느새 달려가서 해결해 주고 있다. 성질이 급해서라기보다는 지시나 요구를 하는 것에 익숙하지 않아서이다. 테이블 세팅에서부터 각자 맡은 일까지 마무리해 주느라 몸을 한시도 가만히 두질 못한다. 그래서 리카는 인기가 많고 정말 바쁘다. 손놀림은 마치 드럼 주자처럼 정교하고 리드미컬하다. 때론 무거운 것도 거침없이 들곤 하는데 작은 체구에서 어떻게 그런 에너지가 나오는지 혀가 내둘러질 때가 많다.

리카가 지적 장애우인 로이와 결혼해서 호주에 왔다는 사연을 알게 된 것은 입사하고 시간이 꽤 흐른 뒤였다. 드라마에서나 보던 결혼이민이었다. 나는 이 둘이 부부라는 것을 짐작조차 하지 못했다. 젊고, 예쁘고, 지적으로도 빠지지 않는 리카가 로이를 선택한 것은 누가 봐도 어색했다. 짐작할 수 있는 것이라면 경제적인 이유인데, 리카는 아무리 피곤해도 오버타임을 마다한 적이 없을 정도로 여전히 경제적인 면에서도 자유롭지 못해 보였다. 더구나 로이는 지적장애뿐만 아니라 신체적으로도 많이 약해 보이는 친구가 아닌가. 다행인지 불행인지 로이는 시력이 나빠 몸이 굼뜬 것에 비해 말이 빠르고 많은 편이다. 그런 상태를 깜빡 잊고 그와 말 댓거리를 하다가는 종종 낭패를 보게 된다. 나 또한 로

이와의 사이에서 잊을 수 없는 모멸의 추억이 하나 있다.

　회사 식당에 걸린 대형 텔레비전에서 북한 뉴스가 나오고 있었다. 북한을 한국 전체로 착각하고 있던 로이는 한국에 대한 위험을 알리며 여행을 하면 절대 안 되는 나라라고 주변에 대고 열을 내며 떠들기 시작했다. 핵의 위험과 가난 등등 너무 구체적인 상황을 나열하면서 서울을 들먹거렸다. 부드럽지 않은 이미지 때문에 종종 '김정은 누나가 아니냐'는 농담을 듣는 나로서는 신경이 곤두섰다. 결국, '한국을 가려거든 가까이에 있는 일본을 가야 한다'고 어필하는 지점에서 참지 못하고 대화에 끼어들었다. 그러고는 한반도 상황에 대해 꾸역꾸역 설명하기 시작했다. 내가 한국인인 줄 모르고 있던 로이는 살짝 당황하는 기색이더니 이내 낯빛을 바꾸고는 내 영어 발음을 따라서 우스꽝스러운 소리를 내며 놀려댔다. 나보다 한참 부족하다고 여기던 이에게 속수무책으로 당한 꼴이 되고 보니 내 처지가 한심스럽고 어이가 없었다. 말 때문에 겪은 사연이야 한둘이 아니었지만, 회사에서 내가 겪은 첫 번째 언어 수모 사건이라 잊을 수가 없다. 이런 로이가 내가 좋아하는 리카의 남편이라는 게 속상하고 답답하기까지 했다.

　당시 리카의 낯빛은 어두웠다. 웃음도 자연스럽지 않았고, 로이와 붙어 있는 것 자체를 달가워하지 않는 눈치였다. 길을 걸을 때도 몇 걸음 앞서 걸었다. 로이는 그런 리카를 엄마처럼 따랐다. 가끔 그녀에게서 적잖이 짜증 섞인 목소리가 여과 없이 튀어나오곤 했는데, 그럴 때마다 나는 리카가 영주권을 받으면 분명히 로이 곁을 떠날 것이라고 단정했었다. 지금 보니 그 모습은 그 후에 내가 겪은 신앙심 깊고, 사려 깊은 리카와는 거리가 먼 모습이었다. 새로운 환경에 적응하느라 스트레스가 많았을 것이라고 짐작할 뿐이다.

로이 부모의 전격적인 경제적 지원에도 불구하고 리카가 계속 일을 하는 이유가 알려질 즈음이었다. 영주권 획득 후 장기 휴가를 내어 필리핀에 다녀온 뒤였다. 리카의 주근깨가 갑자기 눈에 띄었다. 드러나게 많아진 듯도 했다. 9남매의 맏딸인 리카가 보내 준 돈으로 필리핀에 있는 형제들이 공부하고, 집을 두 채나 샀다는 소문이 돌았다. 생각해보니 갑자기 주근깨가 많아진 것이 아니라 낯빛이 환해져서 주근깨가 상대적으로 잘 보였던 것이 아니었나 싶다. 그즈음 주근깨를 가리려고 유난히 분첩을 두드려 대는 리카를 화창실에서 종종 마주치곤 했다. 그때마다 한쪽 눈을 찡긋하면서 멋쩍은 미소를 보내왔다. 지난번 크리스마스 파티 때는 페이스페인팅으로 주근깨를 완전히 덮고 나타나 우리 모두를 놀라게 했다. 그날 스테이지가 좁다고 느낄 정도로 춤을 추던 리카는 격렬하게 날갯짓하는 한 마리 새였다. 파티가 끝나고 뒤풀이하러 펍으로 가는 길에서 리카는 로이와 팔짱을 꼭 끼고 나란히 걸었다. 전과는 확실히 다른 느낌이었다. 조금은 과장되게 로이를 보살피는 리카에게서 여인의 향취가 물씬 뿜어져 나왔다. 나는 그 향취에 취해 덩달아 붉어졌고, 리카의 주근깨도 한껏 붉어졌었다.

리카의 주근깨가 확연히 커지고 까매진 이유는 역시 떠버리 매니저 에드나에 의해 밝혀졌다. 주근깨를 빼려고 레이저 시술을 받고 있다는 것이다. 얼마 지나지 않아 나는 리카의 주근깨를 더이상 볼 수 없을 것이다. 얼굴은 더 고와지고, 여인의 향기는 더 진해질 테지. 몇 년 후에도 주근깨 없이 환해진 리카의 얼굴을 회사에서 계속 볼 수 있을까. 아무래도 그녀의 겨드랑이에 날개가 돋고 있는 것만 같다.

— 2021년 『한호일보』

* Disability Services Australia에서 일어나는 에피소드 시리즈 중 두 번째 이야기.

모고에서 가져온 바람 소리를 걸다

시드니에서 차로 서너 시간 달려 만난 작은 시골 마을 모고(Mogo), 영국풍 오래된 건물들이 숲을 이루고 있는 상가를 걷고 있는데 어디선 가 타악기 연주 소리가 들린다. 끊어질 듯 이어지는 애절한 소리에 홀린 듯 따라가 멈춘 곳에 바람의 연주가 한창이다. 수십 개의 크고 작은 대 나무 윈드차임이 상점 앞 베란다 처마 끝에 매달려 노래를 만들고 있 다. 한 놈 번쩍 들어 보쌈하듯 싸안아 계산대로 향했다. 상점에 있는 물 건 대부분이 호주 원주민인 애보리진의 후예가 만든 작품이라고 머리 가 하얀 백인 점원은 친절하게 설명한다.

지난해 가을, 속해 있는 단체 게시판에 더보(Dubo) 지역에 사는 애 보리진을 위한 자원봉사자 모집 공고가 나왔다. 오래전부터 벼르던 일 이었는데도 나는 마감 직전까지 결정을 내리지 못했다. 마약과 술에 찌

들어 폭력이 난무한다는 그들을 직접 만나야 하는 두려움도 있었지만 9박 10일이라는 일정이 부담스러웠다.

크게 욕심부리며 살진 않았지만 나누는 일도 늘 뒷전이었다. 봉사가 선택이 아니라 생활의 일부인 이 나라에서 십수 년을 살고 있지만, 무엇인가를 사회에 환원하는 일은 몸에 배지 않은 나에게 쉽지 않은 일이었다. 자원봉사 참여율이 타민족에 비해 저조한 민족으로 꼽히는 한국인들, 그런 한국인이 되지 않으려는 강박관념에서 나온 선택이었는지 모르나 속사정을 뒤로하고 두 아이와 함께 마지막 날 지원서를 냈다. 조금은 버거워진 현실에서 벗어나고 싶은 마음도 살짝 있었는지 모른다.

준비과정은 나를 먼저 내려놓는 훈련이었다. 애보리진의 역사와 습성, 현재 처한 상황들을 교육받는 동안 생각 하나가 내내 가시지 않았다. 지금 내게 주어진 이 땅에서의 삶은, 적어도 이들의 피 값 위에 세워진 빚진 삶이란 점이었다. 어디든 원주민의 역사는 가혹하다지만 애보리진만큼 철저하게 삶의 터전과 문화를 빼앗긴 종족은 지구상에 없다고 한다. 4만 년쯤으로 추정되는 지구상에서 가장 오래된 역사와 문화가 200년 전에 영국인들에 의해 거의 무너졌다는 현실을 마주하면서 내가 그들에게 무엇을 해줄 수 있을지 회의가 들었다.

애보리진은 백인보다 유색인에게 비교적 호의적인 본토인이다. 한국인은 이들과 소통하기에 아주 좋은 정서를 가진 민족이라고 강사들은 말한다. 피부색을 넘어 '한의 정서'를 이해할 수 있는 민족이라는 의미이다. 이들에게 필요한 것은 과자 몇 개, 학용품 몇 점이 아니라 그들의 분노와 울분, 무기력증을 이해하고 공감할 수 있는 진정한 소통이라고 거듭 강조한다. 나는 그들과의 소통을 위해 타일 팀과 사물놀이 팀에 합류했다. 타일 자르는 단순 기술을 익히고 북채를 잡았다. 장고와 꽹과리에 맞추어 굿거리, 삼채, 별달거리, 휘몰이 등의 장단을 익히면서 그들과 소통하기 위한 준비를 해나갔다.

이번 봉사의 주 임무는 누군가 희사한 낡은 집을 마을회관으로 개조하는 일이었다. 정부에서 일괄적으로 지어 준 더보의 애보리진 마을은 한낮에도 무덤처럼 고요했다. 간혹 보이는 사람들 대부분은 표정이 없고 이가 상해 있거나 눈동자가 풀어져 있다. 우리는 시내 중심에 있는 청소년 회관에 짐을 풀고 다음 날부터 공사 현장에 나가 타일을 자르고 페인트칠을 돕기 시작했다. 먼지 속에서 웃고 떠들면서 현지인들과도 어설프게나마 가까워졌다. 그때 만난 테런스 화이트란 친구는 우리 집 냉장고에 아직도 사진이 붙어있다. 그의 꿈은 애보리진 지도자가 되는 것이다. 그나마 공사 현장에 나오는 현지들은 생각이 깨어 있는 지성인에 속했다. 대부분 아예 관심이 없거나 남의 행사 보듯 쳐다보며 피해 갔다.

나흘째 되던 날 아침, 공사 현장에서 작은 소요가 일었다. 밤에 현지 아이 둘이 공사 현장에 들어와 잠자리 머리맡에 둔 모발폰과 시계를 가져간 것이다. 현장에는 두 분의 일행이 자고 있었다. 그들은 아이들이 물건을 가져가는 것을 알았지만 인기척을 내지 않고 조용히 가져가게 두었다. 그것을 지키려고 소란을 피우면 당장에 폭력을 쓸 것이고, 누군가 다치게 되면 아이들은 바로 청소년 감옥으로 가게 될 것이기 때문이었다. 교육받은 내용이 하나, 둘씩 일어나는 게 신기했다. 아무리 그래도 자기들을 도우러 온 사람들 물건을 가져가는 그들의 처지가 늦가을 더보 들판만큼이나 황량했다.

공사가 마무리되어 가던 중, 뜻밖의 만남이 주선되었다. 오래전에 신청해 놓고 기다리던 청소년 교도소 방문이 한 내정자의 자진 취소로 인해 우리에게 허락된 것이다. 18세 이상 성인만이 가능하다는 규정에 따라 사물놀이팀의 메인 주자인 고등학생들을 빼고 급하게 팀을 정비해야 했다. 어쩔 수 없이 내 역할이 커졌다. 그동안은 대충 따라 했었는데 가슴이 답답해질 정도로 긴장감이 몰려왔다. 공연은 한 번에 재소자 15명 이내만 관람 가능하다는 교도소 측 규정에 따라 두 번 하는 것으로 결정이 났다.

덩치가 산만 한 경비원들에게 빙 둘러싸여 청소년 재소자들과 5미터쯤 간격을 유지하고 일렬로 마주 앉았다. 아이들은 경계와 적의에 찬 눈빛을 하고는 반쯤 누운 자세로 자리를 잡았다. 눈을 감지 말고 북채나 장고채를 놓쳐서는 안 되며, 만약 놓치더라도 절대 잡으려고 움직이지 말라는 철저한 주의가 있었다. 아무리 경비원들이 많다지만 얼마 안 되는 이 거리를 아이들이 달려들면 어쩌나…, 북채를 놓치면 어쩌나…, 하는 생각에 숨이 멎을 듯한 두려움이 몰려왔다.

대부분 마약과 술을 하고 폭력과 도둑질을 하다 들어온 아이들이다. 분노만 남고 절제를 잃은 혈기 넘치는 10대, 호주 정부 정책에 의해 강제로 부모와 떨어져 백인 문화 속으로 우겨 넣어진 '도둑맞은 세대(Stolen Gneration)'의 후세들이었다. 이 아이들은 무분별하게 문화가 섞이면서 정체성을 잃어버린 탓에 이제는 본연의 자리로 돌아갈 수도 없는 처지가 되었다. 정부가 'Sorry' 정책으로 던져 준 몇 푼의 보조금은 독 묻은 부메랑이 되어 다시 돌아온 것이다.

공연이 시작되었다. 우리 순서는 두 번째, 늘 관중의 시선을 모으는 팀이지만 닫힌 공간에서 호의적이지 않은 눈빛을 바로 앞에 두고 연주를 하려니 북채를 제대로 쥘 수가 없었다. 꽹과리의 시작 음이 떨어졌다. 갑자기 머리가 하얘지면서 순서가 생각나지 않았다. 일단 눈을 감았다. 본능적으로 손만 움직였다. 숲과 초원에서 하늘을 향해 디저리두를 불던 그들의 태초의 마음을 상상했다. 노래와 점을 문자 삼아 자연을 찬미하고 마더랜드를 경외하면서 서로를 향해 사랑을 나누었을 그들의 몸짓을 북채에 실었다. 내 어설픈 장단이 그들과 소통하는 언어가 되기를 소망했다. 손에 땀이 차오르는 게 느껴지면서 눈을 감지 말라던 경고가 생각났다. 퍼뜩 정신을 차리고 눈을 떠보니 아이들의 눈동자가 북소리에 멈추어 있었다. 설핏 눈가에 물빛이 어린 백인의 피를 받은 듯한 소년의 눈동자도 보였다. 그 속으로 지난 밤 현장에 들어왔던 아이들의 손길이 겹쳐지며 안도의 숨이 퍼졌다.

준비해 간 선물들을 놓고 나오면서 등 한번 따스하게 두드려 주지 못했다. 먼저 손 흔들며 뒤돌아가는 그들을 위해 작은 희망의 씨앗 하나 높은 담장 밑에 심고 왔다는 기쁨만 챙겨왔다.

사람의 손길을 기다리다 지친 생명으로 어수선한 뒷마당을 오랜만에 돌아본다. 모고에 다녀온 지 엊그제 같은데 바람결에 어느새 찬 기운이 실려 있다. 올여름은 더위를 느낄 겨를도 없이 지나갔다. 하던 일도 힘에 겨워지는 나이인데 새로운 일을 급하게 물고 삼키려니 소화가 만만치 않다. 애보리진의 눈물이 노래가 되어 걸려 있던, 모고 마른 숲에서 가져온 바람 소리를 오늘에서야 뒷마당에 건다. 함께 가져온 글귀 하나가 바람결에 무심히 흩어진다.

Don't forget to live today….

우연도 지나고 나면 운명이 되듯 이 시간 나의 삶도 언젠가 운명이 될 날을 믿는다. 애보리진의 설움이 먼 훗날 모고의 윈드차임에 실려 노래가 된 것처럼. — 2014년 '재외동포문학상' 수필 우수상

김홍기

누룽지 이야기

조용하던 집안이 갑자기 시끄러워졌다. 몇 번 울린 초인종 소리에 집안에서 졸고 있던 강아지들이 다투어 짖어댄다. 옆집 한국 할머니다. 친척이 운영하는 한식 식당에서 누룽지를 가져왔다며 검정 비닐봉지를 내민다. 족히 며칠은 먹어야 할 것 같다. 무엇이든 나누려는 할머니께 감사 인사를 드리는 동안 벌써 고소한 누룽지 향이 코끝에 스친다. 출출한데 잘되었다 싶어 누룽지 몇 개를 꺼내 냄비 물에 넣어 끓이기 시작한다.

삼대가 함께 살던 우리 집 부엌에는 커다란 무쇠 가마솥 두 개가 나란히 자리해 있었다. 하나는 밥을 지었고 다른 하나는 국을 끓이거나 물을 데웠다. 엄마는 매일 식구들의 밥을 푸고 나면 밥 가마에 물을 부어 숭늉을 냈다. 숭늉까지 안으로 들이고 나서 남은 누룬밥이 엄마 몫이었다. 엄마는 부뚜막에 쪼그리고 앉아 그 누룬밥을 드셨다.

장에 가거나 어른들이 먼 길을 나설 때면 엄마는 아궁이에 군불을 지펴 솥단지를 달구었다. 그러면 솥 바닥에 눌어붙어 있던 누룬밥이 촉촉한 상태로 굳어졌다. 어른들은 이걸 깐밥이라 불렀다. 엄마는 이 깐밥을 야구공처럼 동글동글하게 말아 주먹밥을 만들어 싸주었다. 언젠가 할아버지가 남리 장에 소 팔러 갈 때 따라갔는데, 엄마가 창호지에 싸준 깐밥 주먹밥을 꺼내 먹던 기억이 난다. 그때를 떠올리면 지금도 입맛이 다셔진다.

고소한 맛으로 치면 가마솥에 눌어붙어 적당히 딱딱해진 누룽지가 최고였다. 엄마는 누룽지를 그늘에서 말려 대나무 바구니에 담아 벽장에 보관해 두었다. 모내기할 때나 집안에 대사가 있을 때면 있는 대로 꺼내놓곤 했다. 학교에서 돌아온 나는 가장 먼저 벽장문을 열어 누룽지를 찾아냈다. 노릇노릇하게 깡마른 누룽지는 돌처럼 단단했지만, 입안에 오래도록 불려 먹으면 고소한 단맛이 났다.

내가 다닌 고등학교는 시골에서 유학 온 학생들이 유난히 많았다. 더러는 하숙했지만, 형편이 넉넉하지 못한 대부분은 자취했다. 반에서 공부도 잘하고 착했던 A와 B는 같은 시골 중학교 출신이었다. 처음에는 따로 자취하더니 2학년이 되자 둘은 룸메이트가 되어 각자 당번을 정하여 밥도 하고 반찬도 만들어 먹으며 사이좋게 살았다. 이들은 학우들 사이에서 인기 있는 학생이었다. 우리 집과 가까운 곳에 살았기에 가끔 놀러 가, 책도 읽고 공부도 같이하며 친하게 지냈다.

어느 날, 이들이 학교에 오지 않았다. 3교시가 끝나가는데도 연락마저 없었다. 당시만 해도 연탄가스 사고가 자주 일어났기 때문에 담임 선생님이 걱정하셨다. 이들이 사는 곳을 아는 나는 담임 선생님의 부름을 받고 반장과 동행해 그 집을 찾아갔다. 방문이 활짝 열린 채 인기척이 없는 방안은 말 그대도 난장판이었다. 아침을 먹다 만 흔적들이 어지러이 널려 있었다. 플라스틱 개다리소반이 양은 솥단지와 함께 널브러졌고, 방바닥에는 군데군데 핏자국이 묻어 있었다. 한눈에 봐도 무슨 사건의 현장처럼 보였다. 반장은 급히 학교로 뛰어갔고 나는 혼자 허둥지둥하다 주인아주머니에게 자초지종을 듣게 되었다.

그날 아침 당번인 A가 양은 밥솥을 연탄불 위에 얹어 밥을 지었다. 먼저 도시락을 쌌고 남은 밥을 먹다 보니 밥이 부족했다. 애초에 밥, 양 조절에 실패한 때문이었다. B는 누룽밥을 기다렸는데 A가 혼자 그것마저 다 먹어버린 모양이었다. 화가 난 B가 A에게 사정없이 주먹을 휘둘렀고, A도 이에 뒤지지 않고 부엌에 세워져 있던 연탄집게로 B의 머리를 내리쳤다. A의 코피가 터졌고, B는 머리가 터졌다. 때마침 출근길에 이를 본 주인아저씨가 이들을 뜯어말리고 급히 택시를 잡아 태워서 근처 병원으로 옮겼다는 거였다.

반장과 함께 달려온 담임 선생님 일행과 버스를 타고 병원으로 갔다. 응급실 앞 긴 의자에 앉아 있던 A는 잔뜩 주눅 든 눈으로 우리를 맞이했다. 안쪽에는 의사와 간호사들이 밝은 불빛 아래서 B의 머리를 꿰매고 있는 게 보였다. 담임 선생님과 다른 의사 선생님이 몇 마디 주고받고 우리 일행은 A를 데리고 먼저 학교로 왔다. B는 오후쯤에야 머리를 쥐가 뜯어 먹다 만 감자 같은 모양을 하고서 나타났다.

그날 이후 아이들은 B를 놀리기 시작했다.

― 된장 한 주먹이면 될 걸 병원까지 갔느냐.

― 담배 한 대 피워봐라, 연기가 마빡으로 나오는가 보자.

― 앞으로 깐밥 묵을 때는 하이바 쓰고 묵으라.

놀림의 대상이 되기는 A도 마찬가지였다. 우리는 A를 부를 때도, B를 부를 때도 모두 깐밥으로 불러댔다. 심지어 선생님들도 "야, 깐밥!" 하고 불렀다. 그럴 때마다 둘이 함께 차렷, 자세를 취하곤 했다. 삼학년이 된 다음 후배들도 이들을 '깐밥 형들'이라 불렀다. 그래도 이 깐밥 친구들은 공부를 손에서 놓지 않았다. 졸업식 날 나란히 우등상 수여를 하는데, 선생님이 이 둘을 호명하며 "깐밥 둘 다 나와!"라고 해서 전교생뿐만 아니라 학부모들까지도 폭소를 터뜨렸다. 이 둘은 대학생이 되어 A가 서울로 갈 때까지 그 방에서 함께 자취하며 살았다.

비 온 뒤 땅이 더 굳어지듯 머리 터지게 싸우고도 3년여를 같이 부대끼며 살았던 친구들이었다. 배고팠던 시절, 마음을 나누고 함께 지낸 시간이 서로를 끈끈하게 묶어주는 띠 같은 것이었을까. 마음 한구석이 구멍 난 듯 허허로운 이야기가 오히려 아름답게 다가온다.

놀림을 받던 그 둘도 요즘 고등학교 동창 카톡방에 올라와 기꺼이 '깐밥'이라 불리고 있다. 어린아이와 함께 찍은 사진들을 보니 둘 다 할아버지가 되었나 보다. 우리들의 지난 시간이 노릿노릿한 누룽지처럼 고소하고 정겹다.

물이 끓으면서 누룽지 냄새는 더욱 진동한다. 모처럼의 누룽지탕이다. 일찍 들어온 딸아이에게 같이 먹자고 권하니 한사코 손사래를 친다. 함께 먹으며 깐밥에 대한 옛이야기를 해주고 싶었는데 이 구수함이 딸은 싫은 모양이다. 하긴 딸아이로서는 깐밥, 누룬밥 이런 말을 쓸 일이 없을 것이다. 그저 부모 세대가 먹던 누룽지라는 음식이 있었다는 정도로 기억하면 그뿐 아닐까 싶다. 아무래도 아내를 기다려야 할까 보다. 아득한 옛 친구들을 생각하며 혼자 미소 짓고 있다. 고소한 누룽지 향이 온 집안에 가득하다. 냄새에 취한 강아지들만 코를 킁킁대고 있다.

— 2020년 『문학에스프리』 겨울호

엄마의 성경책

우리 집 서가는 성경책이 책장 한 면을 차지하고 있다. 오래된 성경부터 최신 우리말 쉬운 성경까지 이십여 권도 넘는다. 버리기도, 그냥 두기도 마음 쓰이는 책들이다. 이민 짐을 쌀 때도 작은 아파트에서 이 집으로 이사 올 때도 몇 번을 망설이다 결국 가져왔다. 몇 년 동안 한 번도 펴보지 않은 채 고서적이 된 것도 있다. 하지만 이 책들을 쓰레기통에 버리면 안 좋은 일이 일어날 것 같은 생각 때문에 그냥 두고 있다.

성경 공부를 하는 모임에 참여하고 있다. 어느 날 리더가 질문을 했다. "집에 불이 나 대피해야 한다. 당신은 무엇을 가장 먼저 챙겨가겠습니까?"

나는 무심결에 "자동차 키"라고 답했다. 그런데 다른 사람은 "성경책"이라고 자연스럽게 대답했다. 성경책. 성경을 공부하는 모임이니 당연한 대답일 텐데 그 대답이 잠시 내 의식을 휘저어 놓았다. 엄마가 아꼈던 성경책이 떠올랐다. 엄마 성경책은 표지가 너덜거리고 몇 장 찢어진 부분도 있지만, 지금은 내가 아끼는 책이다.

엄마가 그 성경책을 살 때 일을 기억한다. 중학교 때였다. 교회가 5일 장터 가까이 있었다. 우리 동네에서 십 리쯤 떨어진 먼 곳이었다. 어느 여름 일요일, 엄마와 함께 교회에 다녀오는 길에 갑자기 소나기가 억수로 내렸다. 온몸이 젖고 엄마의 성경책 가방도 흠뻑 젖어버렸다. 집에 와서 나는 아궁이에 불을 지피고 성경책을 말렸다.

물기가 마른 성경책은 커다랗게 부풀어 버렸다. 그 책을 엄마에게 내밀었다. 그것을 받아든 엄마 얼굴이 백지장처럼 하얗게 변했다. 무슨 큰 죄나 지은 것처럼 안절부절 못했다. 엄마는 책을 광목 보자기에 둘둘 말아 다듬잇돌 밑에 꾹 눌러 놓았다. 이삼일 후 성경책은 시루떡이 되어 버렸다. 낱장은 서로 엉겨 붙어 펴지지 않았다. 그런데도 엄마는 그 성경책에 미련을 두고 끝까지 간직했다.

그로부터 얼마 뒤 엄마는 나를 앞세우고 읍내에 있는 서점으로 향했다. 성경책을 사기 위해서였다. 엄마가 고른 성경책을 내가 손에 들고 계산대 앞에 섰다.

"8천원입니다."

"좀 싸게 해주세요."

"그럼 천원 깎아서 7천원만 내세요."

8천 원짜리를 7천 원으로 흥정한 것으로 조금 의기양양해져 있을 때 엄마가 끼어들었다.

"아야, 성경책은 값을 깎는 게 아니란다. 엣소, 천원. 걍 줏씨요."

엄마는 내가 덜 낸 천원을 주인에게 내밀고 있었다.

아니, 우리 엄마가 누구신가. 고무신 한 켤레를 사도 값을 반으로 뚝 잘라 흥정을 싸움하듯 하고, 오십 원짜리 두부 한 모를 살 때도 칼질이 삐뚤어졌다느니 하면서 기어이 10원을 깎아서 가져오는 분 아닌가. 아무리 성경책이라 하지만, 거금 8천원을 한 푼도 에누리 없이 내준단 말인가.

그날, 새로 산 성경책을 받아들고 서점을 나서는 엄마 얼굴은 가을날 아침 해를 바라보며 미소 짓는 해바라기꽃이었다. 그 후, 엄마는 그 성경책을 분신처럼 아꼈다. 어쩌다 바닥에 떨어뜨리기라도 하면 얼굴까지 붉히며 마치 어린아이 젖 먹이듯 책을 품에 안고 쓰다듬기도 했다.

이민 오기 몇 해 전, 엄마는 심장 판막증으로 갑자기 쓰러졌다. 응급 수술 후 한 달여 혼수상태에서 깨어나 가장 먼저 성경책을 찾았다. 곁에서 밤낮으로 병구완했던 아버지는 자신보다 성경책을 먼저 찾은 그 실망감에 한동안 푸념하듯 자식들에게 그 일을 되뇌었다. 엄마 퇴원하고도 그 서운함을 자식들 모이는 명절이면 가끔 이야기했다. 그런 말을 할 때면 엄마는 미안함을 담은 엷은 미소로 대답을 대신했다. 그 후 노안으로, 분신처럼 아끼던 그 성경책을 읽을 수 없게 된 엄마에게 큰 글씨로 된 새 책을 사드렸다.

지금 내 책장 한 면을 차지한 성경책은 선물로 받은 것, 주석이 필요해 산 것, 교회에서 새 버전으로 바꾸는 바람에 남겨진 것들, 그리고 엄마의 성경책이다. 어쩌다 책장을 뒤적이다 손에 잡힌 성경책을 펼쳐보면 저마다 작지만 소중한 메모 글이 있다.

나는 가끔 엄마의 성경책은 꺼내 본다. 나 역시 작은 글씨를 읽지 못하게 돼 책은 읽어보지 않는다. 대신 엄마의 메모를 찾아 읽는다. 엄마 성경책에는 작은 메모지들이 들어있다. 일곱 남매를 키워가며 하늘에 빌었던 소원들이 꾹꾹 눌러쓴 글씨로 한장 한장 책 속에 숨어있다. 가끔 엄마 성경책을 뒤적이며 보물을 찾는 것처럼 메모지를 찾아 읽어본다. 대부분 당신 자식들을 위한 기도문이 짤막하게 적혀 있고 정작 자신을 위한 메모는 없다. 지병인 심장병으로 힘든 말년을 보내, 한두 장 당신을 위한 메모가 있을 법한데 찾을 수 없다. 내가 결혼할 무렵 메모에는 믿는 며느리 만나기를 빌고 있었다. 그 기도가 하늘에 닿았을까, 아내가 엄마 성품을 닮았다.

오늘도 엄마의 성경책을 펼쳐본다. 책이 하늘 가신 엄마를 대신하여 바르게 살아가라고 말하고 있다. 만약 집에 불이 나 피신해야 한다면 이 책을 먼저 챙겨야 할 것 같다. ― 2021년

우리 동네 풍경 하나

우리 식구가 이 동네로 이사 온 지 3년째다. 비교적 조용한 동네다. 한국에서 고향을 떠나 도시에서 살 때부터 한 번도 이런 분위기에서 산 적이 없었다. 미국에 와서도 정신없이 살았으니 이제 이런 조용함은 그냥 즐겨도 좋은 게 아닌가 싶어 그냥 지내왔다. 아들딸 함께 살아오는 터라, 이웃들하고 별 소통 없이 지내는 것도 나쁘지 않다는 생각도 했다.

그런데 이즈음 날이 갈수록 뭔가 허전하고 쓸쓸하다는 기분이 든다. 우리 집을 사이에 둔 양 집이 모두 노인들만 살아서 그런 건지도 모르겠다. 얼마 전까지 제이콥이 살던 앞집은 한동안 빈집이더니 한바탕 공사로 새집이 되었지만, 여전히 빈 상태다. 그나마 옆 집 중 한 집에 사는 한국인 할머니는 적당히 수다스러운 면이 있어서 우리 식구하고는 가끔 음식도 나누고 지낸다. 주말에는 아들 내외가 손주들을 대동하고 찾아와서 짧게나마 웃음소리를 우리 집까지 들려준다.

대부분의 나날을 혼자 지내는 할머니는 아침이면 운동을 하느라 일찍부터 동네를 걸으며 만나는 이웃과 서툰 언어로 인사를 한다. 아들 내외가 다녀간 다음 날이면 비닐봉지에 떡을 싸서 나눠주시기도 하는 인심 좋은 할머니다. 가끔 만나 인사라도 나누려면 시간이 필요하다. 종일 혼자 생활해서인지 만나면 기나긴 수다를 들어줄 각오를 해야 한다. 우리 식구들은 할머니가 주변에 계시기라도 하면 눈길을 피하기 일쑤다.

오른쪽, 죠네 집은 모르몬교도 백인 노부부인데 이들도 자녀들이 멀리 있는지 빈집처럼 조용하다. 할머니는 대문 앞에 놓인 흔들의자에 앉아 뜨개질을 즐긴다. 할머니 곁에서 흰 수염이 덥수룩한 죠는 두런두런 이야기한다. 마치 오래된 영화의 한 장면처럼 무슨 얘기를 하며 웃기도 하는 그 모습이 정겹다. 어쩌다 죠와 눈이라도 마주치면 손을 들어 "하~이" 하는 인사를 한다. 할머니는 건강이 안 좋은지 행동이 굼뜨고 말도 어눌하다.

죠네 뒤뜰은 모든 게 자연 그대로다. 가지를 치지 않은 오렌지 나무는 이 층 높이만큼 크게 자랐다. 무성한 가지에는 오렌지가 주렁주렁 매달렸다. 땅바닥에는 떨어진 지 몇 년은 됐음 직한 검게 마른 오렌지와 갓 떨어진 오렌지가 널부러져 있다. 뒤뜰 잔디밭은 풀이 무성하지만, 그 자연스러움을 오히려 즐기는 듯하다. 덕분에 우리 집 화단에는 방아깨비와 메뚜기가 지천이다. 가끔은 날렵한 도마뱀이 담을 넘나들며 우리 집을 오간다.

새집처럼 수리해 말끔하던 제이콥네 집에 기역 자로 된 세일 간판이 며칠째 집 앞 잔디밭에 서 있다. 가끔 집을 보러 오는 사람들이 이곳저곳 둘러보며 묻기도 하고 우리 집이나 옆집을 두루 살피기도 한다. 집을 사러 온 사람들은 우리 옆집 노부부의 집을 보면서 몇 번의 계약을 취소했다고 한다.

이런 일이 있고 난 후 동네에는 미묘한 기류가 흐르기 시작했다. 주민들은 터마이터(흰개미)가 창궐한 이유가 이 노부부의 집 때문이라고 하고, 떨어진 과일을 치우지 않아 파리가 들끓고 개미가 많이 생겼다며 평소 쌓였던 불만들을 토로하기 시작했다. 어느 날 저녁 동네에 오래 사는 젊은 부부가 우리에게 편지 한 장을 주었다. 며칠 후 동네 입구에 있는 자기 집에서 주민 만남을 갖겠다는 내용이다. 관청에 도움을 받을 작정이라고 했다. 그들에게 뭘 어떻게 하자는 것인지, 같이 사는 이웃의 문제를 경찰이나 관청까지 동원해야 하나, 참 야박하다고 생각했다.

한편 이들의 대처 방법이 궁금하기도 하여 모임이 있는 날 저녁 아들과 함께 참석했다. 접이식 의자가 둥그렇게 놓여 있고 듬성듬성 빈 의자들이 보이지만 제법 많은 사람이 모여 있었다. 간이 식탁에는 피자가 몇 판 쌓여 있고 양푼에는 옥수수 칩과 멕시칸 살사가 가득했다. 사람들은 저마다 접시에 한두 조각 피자를 손에 얹고 우리를 맞이했다. 젊은이가 우리를 소개했다. 식구가 몇이며 무슨 자동차를 타고 다니는지 모인 사람들에게 설명했다. 이사 온 지 삼 년이 다 되었지만 모두 낯선 얼굴이었다. 평일에는 식구들 모두 출근하여 낮에 집을 비우기에 이웃과 만나지 못한다. 주말이면 교회 활동을 하며 한인들과 교제하기 때문에 동네 사람들을 만나기 쉽지 않다.

　아들과 나는 멋쩍은 인사를 하고 피자 한 조각을 접시에 담아 빈 의자를 찾아 앉았다. 옆집 죠 부부는 보이지 않았다. 우리 옆 죠네 집이 화제에 올랐다. 노부부가 허락만 해 준다면 몇몇 집이 동참하여 뒤뜰을 단장하고 청소도 해줄 수 있다고 한다. 나무도 시청의 무상 프로그램에 청원할 수 있다고 했다. 다만 죠 부부의 허락이 있어야만 가능하다고 했다. 다들 사생활 침해를 걱정하는 분위기였다. 젊은이가 나설 모양이었다.

　이때 우리 옆집 한국 할머니가 일어서서 "오우 노 노" 하며 그간의 사정들을 더듬거리며 설명했다. 처음 몇 마디 영어를 하는 듯하더니 이내 한국말로 설명했다. 아들이 통역을 맡았다. 이들 노부부에게는 두 아들이 있다. 큰아들이 두바이에 사는데 가끔 귀국해 집에 들를 때면 찾아와 자기 집을 돌봐 달라는 부탁을 했다고 한다. 군인인 둘째 아들은 이 년 전 크게 다쳐 텍사스의 군 병원에 요양중인데 노부부는 그 사실을 모르고 산다고 했다. 모인 모두는 놀란 표정으로 더러는 고개를 끄덕이기도 하고 더러는 혀를 끌끌 차며 멋쩍은 표정이었다. 듣고 있던 우리도 난처하긴 마찬가지였다.

　마음에 찜찜함을 한가득 안고 집으로 돌아왔다. 그동안 아주 짧은 인사만 건네고 살아왔던 우리를 자책도 해 보았다. 담을 사이에 두고 살면서도 언어나 문화가 달라 쉽게 다가가기 힘들다 보니 쉬 짐작하고 단정해 버리기 일쑤였다. 한 번쯤 여쭤보고 싶어도 이곳에서 교육받은 자녀들은 한사코 말린다. 사생활 침해로 오히려 오해를 살 수 있다고 한다. 그러다 보니 내 어림짐작을 사실로 인식할 때가 많고 그로 인해 오히려 무관심해지는 악순환의 연속이다. 이런 악순환은 우리만은 아니었다. 동네에서 삼십여 년 살았던 젊은 부부도 마찬가지였다. 이곳 사람들은 서로 다가가지 않으려 하는 자기중심적이고 가족 중심적 사고가 강하다. 그러다 보니 이웃에 관심 두지 않고 서로 만나도 눈인사가 전부다.

하지만 한국 할머니는 달랐다. 영어가 서툰데도 먼저 다가가고 어떻게든 소통하여 친해진다. 매일 동네를 걸으며 만나는 사람들과 인사하고 안부를 묻는다. 소통은 언어로만 하는 게 아닌 모양이다. 마음을 공유하며 다가가면 언어의 장벽은 곧장 무너진다.

동네 회합이 있고 난 후 며칠이 지난 어느 날 시청 공무원들로 인해 옆집정원이 단장되고 크레인이 동원되어 나무도 말끔하게 정리되었다. 옆집 할머니가 두바이에 사는 아들과 상의하여 정리한 모양이다. 아무렇게나 자라버린 오렌지 나무는 갓 이발하고 나오는 총각처럼 단정하다. 집 앞 잔디밭에는 풋풋한 오렌지가 산을 이루었다. 커다랗게 쌓인 오렌지 무더기에는 "free"(공짜)라는 팻말이 서 있었다. 덕분에 싱싱한 오렌지 주스를 실컷 마실 수 있었다.

몇 주 후 앞집이 팔리고 새로운 식구들이 이사 왔다. 집 앞 한적한 도로에는 어린아이들의 노는 소리가 정겹다. 자그마한 동네에 새 아침의 여명이 푸르게 밝아 온다. ─ 2019년

질긴 것

1

초등학교 4학년쯤의 일이다. 그해 초여름, 우리 집 검은 염소가 새끼 두 마리를 낳았다. 추석이 다가올 무렵, 엄마는 그중 한 마리를 팔려고 오일장이 서는 점등으로 끌고 갔다. 내가 다니던 학교가 점등에 있어 등 곳길에 모자가 동행했다. 학교를 파한 후 장에 가보니 그때까지 엄마는 참기름 집 담장 밑에 염소와 같이 서 있었다. 새끼 염소는 앞발을 들고 폴짝 뛰어 머리로 들이받는 자세를 하며 나를 맞이했다. 파장이 되어간 듯 상점들 앞 차일이 걷히고 상인들도 저마다 짐 꾸리기에 바빴다.

그때 나이 지긋한 아저씨와 엄마의 흥정이 시작되었다. 만원은 받아 야 한다는 엄마와 8천원이면 사겠다는 아저씨의 실랑이가 이어졌다. 결 국 8천원에 받고 새끼 염소를 묶은 줄을 아저씨에게 건넸다. 그런데 새끼 염소는 제 자리에서 꿈쩍도 하지 않았다. 엄마 발 앞에 붙박고 서서 엄마 얼굴만 쳐다보았다. 아저씨가 줄을 당기니 따라가지 않겠다는 듯 앞발로 제 몸을 버텨냈다. 목에 걸린 줄이 가을 운동회 줄다리기처럼 팽팽하도록 아저씨와 어린 염소의 실랑이가 계속됐다.

아저씨는 염소를 안고 가려고 했다. 염소는 아저씨 품에서 빠져나오려 애쓰며 메엠메엠 소리 내 울었다. 겨우 몇 발짝 옮겨가는 아저씨를 엄마는 다급하게 불러 세웠다.

"아자씨 미안허요. 안 되겠소, 그냥 내가 키울라요"

엄마는 아저씨 품에서 울고 있는 새끼 염소를 빼앗듯이 가슴으로 안았다. 아저씨는 못마땅한 표정을 하면서도 하는 수 없다는 듯 돈 8천원을 되받아 돌아섰다.

엄마는 독백처럼 "옴매 내 새끼" 하며 부드러운 손으로 염소의 눈물을 닦아주었다. 새끼염소와 함께 집으로 가는 길. 염소는 무엇이 좋은지 엄마를 잡아 끌면서 달리다가 뒤돌아보기를 반복했다.

아버지는 "왜 못 팔고 그냥 왔느냐"며 역정을 내셨다. 엄마는 눈물을 훔치며 "저놈이 안 갈라고 나만 쳐다보고 있는디 어떡해. 당신이 다음 장에 파씨요."라고 소리치며 부엌으로 들어가 버렸다.

"정구렁 칡넝쿨만 질긴 게 아녀."

끝내 어린 염소를 팔지 못한 아버지는 그렇게 중얼거리셨다. 집 뒤편 대나무밭에 울타리를 둘러치고 염소들을 잘 키우셨다. 그해 추석빔은 없었다.

나 중학생 때 집안은 소동이 자주 일어났다. 가끔 집을 나가는 큰누나 때문이었다. 누나는 고등학교 진학을 포기하고 집안일을 도우며 몇 년을 지냈다. 서울에서 봉제 공장 시다로 일한다는 친구 미자 누나가 다녀간 뒤로 아버지와 다툼이 시작됐다. 도회지로 나가고 싶어하는 누나와 잠자코 있다 시집이나 가라는 아버지와의 갈등으로 늘 불화가 일었다.

미자 누나가 다녀간 어느 날, 누나는 그해 가을에 수확한 참깨 몇 되를 가지고 집을 나가버렸다. 아버지는 누나를 찾으려 동분서주했고 읍내 어느 식당에서 찬모로 일한다는 소식을 들었다. 아버지가 급히 데려왔다. 집으로 끌려오다시피 돌아온 누나는 얼마 지나지 않아 또 자취를 감추었다.

그 뒤 누나가 읍내 정미소에서 말 달구지를 몰고 나락 가마니를 운반하는 길전이 형하고 바람이 났다는 얘기가 들려왔다. 길전이 형은 가끔 나락 실으려 우리 집에도 드나들어 잘 아는 사이였다. 우리 사이에서는 '말전'이라는 별명으로 불릴 만큼 친한 형이었는데, 평소 우리에게 유별나게 호의적인 것이 다 까닭이 있었다는 생각이 들었다.

수소문 끝에 누나가 아버지에게 잡혀 온 날 집안은 한바탕 큰 소란이 일었다. 아버지는 누나의 머리카락을 가위로 듬성듬성 잘라버렸다. 그후 며칠이 안 되어 누나는 또 집을 나갔다. 머리에 수건을 두르고 집에서 늘 입던 헐렁한 몸빼 차림으로 나갔다고 엄마가 말했다. 나중에 안 얘기지만, 길전이 형하고는 꽤 오랫동안 연애하는 중이었다고 정미소 아저씨가 엄마한테 귀띔해 주었다고 했다. 아버지는 누나를 찾아 나섰지만, 엄마는 별반 신경 쓰지 않았다. 어쩌면 엄마는 누나가 집을 나가도록 도와주고 있었는지도 모른다.

집을 나간 지 얼마 안 되어 누나가 제 발로 돌아왔다. 누나는 아버지와 담판을 지을 태세였다. 아버지는 잠자코 있다가 큰형 대학만 졸업하면 그때 시집가라고 타일렀지만, 누나는 귀담아듣지 않았다. 그날 저녁 엄마와 누나는 뒷방에서 같이 잤다. 소곤소곤 이야기하며 때로는 부둥켜안고 다독거려 주며 같이 울기도 했다. 아부지 말을 듣고 잠자코 있다 시집가면 좋겠다고 엄마가 다시 마음을 떠보았지만, 누나는 집에 있으면 숨 막혀 죽을 것 같다며 고집을 피웠다. 엄마는 "그러면 엄마는 죽어도 니 편"이라며 누나를 쓰다듬어 주었다.

그로부터 며칠이 지난 뒤 엄마는 뒷방 시렁에서 커다란 보따리를 내려 솜 타는 공장으로 보냈다. 몇 년 전부터 모아온 목화솜이었다. 엄마는 새로 탄 목화로 이불을 지었고 아버지는 그 일을 못 본 척 외면했다. 누나는 결혼식도 올리지 못하고 이불 몇 채를 가지고 시집으로 들어갔다. 시댁도 우리와 같은 시골 마을로 궁핍하긴 마찬가지였다. 아마도 누나는 도회지로 나가고 싶어서가 아니라 아버지로부터 벗어나고 싶어서가 아니었을까.

길전이 형은 이십여 년 전에 돌아가신 내 매형이다. 매형이 돌아가신 후에도 누나는 시골을 떠나지 못했다. 우리 동기 모두 객지로 떠난 시골에서 부모님을 임종 때까지 모셨고, 지금도 혼자 산다.

— 2019년 『에세이스트』 11·12호

하프타임

시월 끝자락이다. 며칠 사이 기온이 뚝 떨어져 한기마저 느껴진다. 이런 날에는 으레 동네 패스트푸드 점에 들른다. 커피를 마시며 출근하기 위해서다. 오늘도 여느 때처럼 커피를 사기 위해 길게 늘어선 드라이브 스루 자동차 행렬에 동참했다. 적당한 크기의 커피 한 컵을 주문하고 계산하려니 커피값이 유난히 쌌다. 왜 이렇게 싸냐고 물으니 당신은 시니어니까 할인해 주는 거라고 했다. 아직 아니라 해도 굳이 할인해 주겠단다.

이 종업원은 내 어디를 보고 시니어라고 단정 지었을까. 화면에 비친 모습을 볼 게 분명한데 내가 한눈에 보일 만큼 나이 먹어 보일까, 기분이 묘했다. 그러고 보니 그동안 커피와 함께 애플파이나 쿠키를 주문할 때도 시니어 할인으로 커피값을 치렀는지도 모르겠다. 나도 모르는 새 시니어가 되어버린 모양이니 앞으로도 그냥 시니어인 척하고 할인받고 지내는 게 속 편할 성싶다.

    일 년쯤 전 일이다. 우리 집 근처에 엘도라도 네이춰 센터가 있다. 야트막한 언덕과 호수, 우거진 숲으로 이어지는 산책로가 조성되어 도심 속 정글 같은 곳이다. 각자 운동량을 선택할 수 있도록 1마일, 1.5마일, 3마일 코스가 마련돼 있어 이용하는 주민이 많다. 산책할 때 만나는 다람쥐, 청솔모, 산토끼 등 야생동물들이 별 경계심 없이 다가와 지나는 이들에게 즐거움을 주곤 한다

    하루 입장료가 7달러인데 일 년 입장료는 65달러다. 몇 번 만 다녀가도 별 손해날 것 없을 성싶어 일 년 치 티켓을 구매하려 사무실에 들렀다. 직원의 안내를 받아 테이블 앞에 서니 한눈에 봐도 팔순은 넘어 보이는 백발 할머니가 인사를 한다. 65달러를 건네주니 신분증을 요구했다. 내가 내민 운전면허증을 들고 컴퓨터 자판을 서툰 손놀림으로 몇 번 두들긴 할머니는 'free pass'라고 쓰인 플라스틱 티켓과 함께 30달러를 되돌려 주었다.

    "일 년 치 입장료가 65달러인데 이걸 왜 돌려주세요?"

    "당신은 시니어입니다."

    "아닌데요."

    내가 어리둥절 하자 할머니는 다시 "당신, 시니어 맞아요"라고 확인해 주면서 벽에 걸린 안내판을 손으로 가리켰다. 거기에는 50세 이상은 시니어 요금이 적용된다고 적혀 있었다. 순간 멍해져서 안내판만 바라보고 서 있으니 할머니가 내 손을 꼭 잡는 게 아닌가. 그러고는 내 기분

을 다 안다는 듯 내 어깨를 토닥여 주었다. 명치끝이 저리는 느낌을 안고 플라스틱 프리패스 티켓을 들고 사무실 밖으로 나왔다.

내가 이미 몇 년 전부터 시니어였다니! 그동안 지공사(지하철 공짜로 타는 사람), 탑장사(탑골공원에서 장기 두는 사람)라고 노인을 비하하는 듯한 말을 쉽게 내뱉어 왔는데, 이제 내가 그 나이가 돼 버린 것이다. 맥없이 걸어 나오는 모습이 해질 녘 시든 파피 꽃처럼 보였을까. 내 표정이 이상했는지 밖에서 기다리던 아내가 무슨 일 있었냐고 묻는다. 별일 아니라면서도 이미 붉어진 내 눈자위를 바라본 아내는 영문도 모르고 나를 위로하려 들었다.

차창을 열었다. 아침 찬바람이 볼을 스친다. 늘 다니던 길인데 초행처럼 낯설다. 길가 자카란다 가로수가 이파리를 털어내고 긴 겨울을 준비하고 있다. 나도 털어내야 할 것을 찾아야 할 때가 왔나 보다. 허리를 곧추세우고 눈썹을 위로 올려 다시금 정신을 가다듬는다. 시니어가 어때서. 백세 시대라고 하지 않는가. 이제 겨우 전반을 넘긴 청춘인데 말이다.

운동 경기를 할 때 전반전을 끝내고 잠시 쉬는 시간을 갖는다. 이때 감독이나 코치는 분주하다. 전반경기 중 실수는 없었는지 빈틈없이 살피고 후반전에 임할 자세를 선수들에게 주지시켜 작전을 세우고 격려하는 중요한 시간이다. 시니어의 출발선 앞에 서 있는 지금이 내 인생의 하프타임이다. 또 다른 출발점이 될 수 있는 시점인 것이다.

켄터키 후라이드 치킨(KFC) 창업주 커널 할랜드 샌더스는 62세가 되던 해에 다시 제기하여 세계적인 사업가가 되었다. 맥도날드의 레이 코록도 52세에 햄버거 가게를 인수하여 세계 각국에 2만 5천여 체인점을 갖지 않았나. 이제 나 또한 그들이 출발했던 그 선상에 서 있다.

출근길을 재촉한다. 그래, '다시' 시작하자. 엄동을 이겨낸 나무가 다시 봄을 맞이하듯 내 인생 후반전, 그 봄을 준비하는 하프타임. 70센트짜리 시니어 커피가 자동차 컵 홀더 안에서 김을 모락모락 피워내고 있다. 차창을 올리니 아메리카노 커피 향이 차 안에 가득하다. ─ 2021년

김미경

구걸

 길을 건너려다 하마터면 그의 발을 밟을 뻔했다. 횡단보도 바로 앞에서 깡통을 머리에 이고 엉덩이를 높이 쳐들고 엉거주춤 엎드려 있는 남자의 발이다. 바지가 다 벗겨져 엉덩이골이 드러나 있다. 열 달쯤 씻지 않은 듯 보이는 발꿈치는 시커멓게 더께가 앉아 신발을 신은 건지 벗은 건지 구별되지 않는다. 기묘한 자세로 엎드려 땅바닥에 펼쳐진 신문을 읽는 척하다가 누군가 깡통에 동전을 넣으면 잠시 고개를 들어 인사를 한다. 흘깃 그의 깡통을 보니 별로 소득이 없다. 그런 자세로 얼마나 있었을까? 종일 저런 자세로 있는 것이 구걸보다 더 힘들 거란 생각이 든다.

 어린 시절 매일 늦은 아침이면 집에 오던 거지 할아버지가 있었다. 대문 앞에 서서 "아주머니~~" 하고 부르던 낮고 탁한 목소리가 아직도 기억난다. 그가 오면 엄마는 소반에 밥을 차려 주었다. 우리가 먹던 식으로 밥과 찌개랑 김치 정도다. 마루 끝에 앉아 밥을 먹으면서 코를 훌쩍이다가 덥수룩한 수염에 국물이 묻으면 소매 끝으로 닦아냈다. 밥을 다 먹고 나면 연신 허리를 굽혀 절을 했다. 그 시절 거지는 집에 구걸하러 다니긴 했어도 전혀 위협적인 모습은 아니었다. 세월이 지나면서 거지들이 밥 대신 돈을 요구하면서부터 조금은 공격적인 모습으로 바뀐 듯하다. 몇 해 전까지만 해도 한국에서 지하철을 타면 종이쪽지를 돌리는 걸인을 심심찮게 볼 수 있었다. 나름대로 구구절절한 사연으로 돈을 주지 않는 승객 앞에서는 은근히 협박하는 듯한 태도를 취해 눈살을 찌푸리게 했다.

호주에서 만나는 거지의 모습도 다양하다. 분명 거지의 행색으로 꾀죄죄한 모습이지만, 표정만큼은 자유롭다. 구걸도 나름의 전략이 있는 듯하다. 시내에서 만나는 거지는 여러 마리의 개를 데리고 나와서 구걸을 하고 있다. 그가 앉는 자리는 지정된 듯 늘 한자리다. 여러 마리의 개를 키우려면 사료도 많이 먹고 그 비용도 만만치 않을 텐데 구걸로 그게 다 감당이 되나 보다. 출근길 쇼핑센터 입구에서 보게 되는 거지는 계단에 걸터앉아 커피를 마시며 담배를 피우고 있다. 그는 일터나 학교로 가느라 바삐 움직이는 사람들의 모습을 느긋한 표정으로 바라본다. 어쩌다 지각하는 날 가쁜 숨을 쉬며 쇼핑센터 계단을 뛰어오르다 그와 눈이 마주치면 묘한 열패감이 들곤 한다. 그는 여유 있게 모닝커피 한잔을 하고 있는데 나는 쫓기듯 그 앞을 지나친다. 커피 타임이 끝나면 그는 다시 길에 앉아 구걸을 시작한다. 그에겐 구걸이 직업인 듯 편안해 보인다.

가게에 가끔 오는 거지 행색의 손님도 있다. 그는 쇼핑센터 트롤리에 살림을 잔뜩 싣고 다닌다. 그도 역시 공원 근처에서 구걸하며 노숙을 하느라 늘 악취에 절어있다. 어느 여름날 물통을 사며 돈을 내미는데 얼굴에 온통 땀범벅이고 손은 땟국에 절어 있기에 땀을 닦으라고 수건을 준 일이 있다. 요긴하게 쓰였는지 다음날 물통을 몇 개 더 사면서 친구들에게 나눠 줄 거라며 물통 숫자만큼 수건을 달라고 했다. 살 때마다 끼워서 줄 수 있는 품목이 아니라고 설명을 하고 주었지만, 그로선 구걸이 아니고 손님으로 와서 돈을 내고 물통을 샀으니 당연한 요구라고 생각한 모양이다. 그 후로 가끔 가게에 와서 누구와 나눌 거라며 필요한 물건을 사곤 한다. 남루한 행색과는 다르게 늘 밝게 웃는 모습이다.

어떤 면에서 보면 모습만 다를 뿐 사람 사는 일도 어쩌면 구걸 아닌가 싶을 때가 많다. 먹고사는 일이 대체 뭔지 자신의 감정 따윈 미처 돌아볼 새도 없다. 직장에서 상사의 눈치를 보느라 치사해도 꾹꾹 눌러가며 버티는 이들은 또 얼마나 많은가. 옛날 같은 신분제도는 사라졌다지만, 아직도 수직적인 구조에서 많은 사람이 갑과 을로 지내고 있다.

내 경우 마음에 내키지 않아도 억지웃음을 지어야 하는 때가 있다. 매상이 영 형편없어 이대로 마무리하게 되면 어쩌나 하고 걱정이 되는 날이 있다. 그런 날엔 유난히 손님의 마음을 흡족하게 하려고 아첨에 가까운 말도 서슴없이 하게 된다. 그가 고르는 물건이 최고의 선택인양 맞장구를 쳐준다. 자신의 실수로 물건을 파손해 놓고 애초에 하자가 있던 물건이라며 막무가내로 우기며 반환해 달라는 손님이 있다. 속에서 화가 부글부글 끓어오르지만, 애써 누르며 손님의 이야기를 침착하게 들어준다. 손해인 거 뻔해도 동네 장사이다 보니 다음을 생각해서 요구를 들어주는 것이다. 굳이 구걸이라고 표현하기엔 썩 적절치 않지만 사는 일이 무언가 얻고 채우기 위해 자신을 굽혀야 한다는 점에서 구걸과 크게 다르지 않다는 생각이다.

요즘은 유튜브 방송이 활발해지면서 각양각색의 사람들이 자기 영역을 드러내고 있다. 유익한 정보와 흥미 있는 소재로 인기를 얻어 돈을 벌고 유명해지는 사람이 많아졌다. 어제 우연히 보게 된 어떤 이는 계좌 번호를 화면에 올려놓고 방송하면서 사람들이 쏘아주는 돈에 대해 감사 인사를 하고 있었다. 그는 스스로 이런 행위가 인터넷 구걸이라는 말을 했다. 인터넷에서 흥행하는 사이버 머니인 별풍선이나 도토리를 구하는 행위도 구걸과 다르지 않다고 보면 너무 비약일까? 인터넷에 검색해 보니 자신의 불우한 처지를 가장하여 구걸하는 신종 인터넷 거지가 생겼다고 한다. 길에 나서서 궁색한 모습을 드러내는 거지가 아날로그라면 이제 인터넷에서 구걸하는 디지털 거지를 보게 되는 세상이다. 엉덩이를 쳐들고 있는 남자에게 말해주고 싶다.

'조금 더 편한 자세로 고쳐 앉으세요. 영영 꼬부라져서 못 일어날지도 몰라요.'

아! 그가 내게 하는 소리가 들리는 듯하다.

'너는 적선도 하지 않으면서 웬 참견인가?' ─ 2020년 『한호일보』 5월

내 귓속에 매미 한 마리

　그가 또 신호를 보낸다. '지지직, 쓰 ——— ' 이건 분명 나를 향해 주파수 맞추는 소리다. 이번엔 어떤 교신을 하려고 이러는 걸까? 겁이 덜컥 난다. 이제 곧 롤러코스터를 타듯 어지러운 비행이 시작될 것이다. 아니나 다를까 몸이 땅속으로 푹 꺼진다 싶더니 바로 벽이 위에서 아래로 내려오다가 마구 빙빙 돌아간다. 휘둘리지 않으려고 이를 꽉 물고 버텨 보지만 모든 것이 곤두박질이다. 눈을 감아도 어지럽고, 눈을 뜨면 눈동자가 함께 마구 흔들린다. 이마에 식은땀이 나더니 이내 멀미를 한다.

　"제발 나를 좀 놓아줘!"

　엉금엉금 기어 화장실로 가서 게워내고 널브러진다. 그대로 한참을 누워 있다가 일어나 창문을 열고, 찬바람을 한껏 들이마시며 심호흡을 한다. 간신히 울렁거리는 속을 진정하고 기진맥진한 몸을 추스른다. 도대체 얼마를 견뎌야 이 지긋지긋한 교신에서 벗어날 수 있을까?

삼십여 년 전 어느 날 나는 남편과 심하게 다투었다. 평소에는 다투더라도 하루를 넘기지 않고 금방 풀어졌는데, 그때는 다른 때와 달랐다. 화를 품고 기 싸움이라도 하듯 말 한마디 건네지 않았다. 서로 눈도 마주치지 않았다. 입맛마저 잃은 나는 곡기를 끊으며 극단으로 갔다. 약점 하나 잡히지 않으려고 하루 세 끼 남편 식사를 빼먹지 않고 챙겼지만, 마음은 더욱 독이 올라갔다. 밥을 안 먹고 버텨도 배도 고프지 않았다. 미련한 짓인 줄 알면서 그때는 그렇게 하는 것만이 유일한 몸부림이었다. 처음엔 내게 뭘 그렇게 화를 내냐며 단식하는 것도 모른 척하던 남편은 일주일이 넘어서자 백기를 들었다.

"그만하자! 그만해! 내가 이제 안 그러고 잘할게."

전쟁은 끝났지만, 나의 몸과 마음은 탈진하여 드러누웠다. 심한 고열을 동반한 감기가 찾아왔다. 일주일 단식의 결과였다. 하지만 그걸로 끝난 게 아니었다. 자고 일어났는데 갑자기 한쪽 귀가 멍해지더니 입구가 닫힌 듯 말소리가 들리지 않았다. 윙~하는 소리가 빈 곳에 메아리처럼 울리며 귓속에서 매미 소리가 났다. 처음엔 약하게 시작되다 점점 강도가 심해졌다.

여름날 울창한 숲속의 매미처럼 목청을 돋우며 울어댔다. 눈동자의 초점도 맞춰지지 않았다. 어질어질하고 좌우 균형도 잡히지 않고 똑바로 설 수가 없어 벽을 잡고 걸어야 했다. 하루아침에 모든 일상이 뒤죽박죽되었다. 갑작스러운 상황에 놀란 남편은 나를 데리고 병원이며 한의원으로 찾아다녔다.

병원에서 나온 병명은 '돌발성 난청'이었다. 정밀검사 결과, 오른쪽 귀의 청력이 70%가 손실되었다. 한의원에서는 몸을 보호하는 약을 먹고, 몸과 마음을 편히 하라는 처방뿐이었다. 의사는 이 병으로 죽지는 않을 거라며 빙글빙글 웃으면서 위로 아닌 위로를 했다. 시간이 지나면 말끔하게 나을 줄 알았다. 그러나 매미는 몸이 지친다 싶으면 어김없이 다시 찾아와 본색을 드러냈다. 갱년기를 넘어서자 더 괴로운 '편두통'이란 녀석도 데리고 왔다.

오늘 다시 시작된 매미 소리를 감지하면서 오랜 세월 끈질기게 떨어지지 않는 이 소리의 정체가 매미가 아닐지도 모른다는 생각을 불쑥해본다. 나는 어쩌면 어느 외계의 행성에서 온 우주인이 아닐까. 그들이 내게 교신을 하려고 저토록 오랫동안 애를 쓰고 있는 것인지도 모를 일이다. 요즘은 교신해 오는 종목들이 점점 많아지고 있다. 어깨와 등에 잔뜩 짐을 실은 듯 누르기도 하고, 무릎으로 와서 욱신대며 화끈거리기도 한다. 아마도 순차적으로 그들의 존재감을 알려 주려는 것만 같다. 매미 소리가 시작되면 내 몸 어디가 또 나빠지려나 싶어 더럭 겁부터 난다. 하지만 이젠 더는 마음마저 농락당하고 싶지 않다. 아픔도 오래되니 굳은살처럼 여겨진다.

한껏 날을 세우던 고집도 무디어졌다. 나를 힘들게 하던 남편도 시간이 지나니 어느샌가 편안해지고, 오히려 나이 들며 풀기 없어진 모습이 안쓰럽게 느껴진다. 그토록 화를 내며 흥분했던 것이 무엇 때문이었는지 이제는 기억조차도 희미하다. 나 역시 그때 철이 없어 마음을 내어 놓는 것에 서툴렀다고 반성한다.

매미는 애벌레에서 성충이 되기까지 오랜 시간을 거친다. 캄캄한 땅속에서 여러 차례 허물을 벗고 세상 밖으로 나온다. 비로소 어른이 되어 날개를 펴고 울지만 짧은 생을 살다 간다. 매미가 울 때는 짝을 찾기 위해서 울기도 하지만 위험에 처했을 때도 운다고 한다. 그렇다! 매미가 내 귓속에서 이렇게 긴 세월을 울고 있는 것은 고통을 주려 함이 아니라 내 건강에 적신호가 켜졌다는 경고를 하는 것이다. 그리고 그만큼의 휴식이 필요하다는 신호이다.

두려워하지 말자. 여태도 잘 버텼는데 뭐 어쩌랴. 다시 또 어질어질해오면 무서워서 못 타보던 롤러코스터를 이렇게 경험한다고 생각하면 되지 뭐. ― 2020년 『한호일보』 4월

빈터

이른 아침 덜컹거리는 소리에 잠에서 깨어 창을 열었다. 2년이 넘도록 비어 있던 옆집이 드디어 집을 지으려나 보다. 집 주위로 철책을 둘러치더니 포클레인이 들어왔다. 낡은 기와를 걷어내자 나무 뼈대로 된 속살의 모습이 앙상하게 드러났다. 포클레인의 삽질 한 번에 지붕이 내려앉고 벽에 구멍이 뚫렸다. 뿌연 먼지가 날리자 한편에서 연신 물을 뿌리며 작업은 계속되었다. 흙먼지와 함께 여러 공간이 무너져 내렸다.

보기에도 낡았던 집은 아마도 칠팔십 년은 족히 넘었을 것이다. 오랜 세월의 흔적이 완전히 사라지는 데는 그리 많은 시간이 필요하지 않았다. 뒷마당에 있던 빨래 틀도 뽑혀 나갔다. 담장 너머로 아련하게 꽃잎을 드러내던 배롱나무, 포인세티아, 목련 등 온갖 꽃나무들도 뭉텅뭉텅 베어졌다. 예쁜 꽃나무들은 어디론가 옮겨 심겠지 했는데, 말짱히 사라졌다. 진작 몇 그루라도 옮겨 심을 걸 그랬다. 순식간에 휑하게 변해버린 풍경이 안타까워 자꾸 바라보게 된다.

그 집 마당에는 일 년 내내 갖가지 꽃들이 가득했다. 향긋한 꽃냄새가 바람을 타고 우리 집까지 날아왔다. 오렌지 나무에는 가지가 휘어지도록 열매가 달렸다. 새들은 둥지를 틀고 날마다 아름다운 노래를 불렀다. 가끔 주인으로 보이는 남자가 와서 무성히 자란 잔디를 깎고 잡초를 한 바탕씩 베어내곤 했다. 사람의 온기가 사라진 집은 무덤처럼 적요했지만, 꽃나무가 가득한 마당은 더 소란스러웠다. 달빛 환한 밤이면 마당의 꽃들이 혼령에 휩싸여 있는 것만 같았다. 으스스한 기운이 감돌았다. 그런 날이면 그 집을 지나치기가 무서워 발걸음이 급해지곤 했다.

마당 한구석에 현관문으로 쓰이던 문짝 하나가 시위라도 하듯 누워 있다. 한때 살며 부대끼던 흔적이 말끔히 지워진 집터는 여기가 이 정도였나 하는 생각이 들 정도로 커 보인다. 집이 사라지고 나니 그동안 건물에 가려 보이지 않던 건너편의 맥도날드 간판이 눈에 띈다. 새로운 풍경이다.

호젓한 고요가 찾아왔다. 집과 집 사이에 흐르던 기운마저 포클레인이 퍼내어 간 것일까. 순간 우리 집은 섬이 되었다. 주변의 온기가 사라지자 내 시선도 멀찍이 떨어진 저쪽 세상을 바라보듯 아득해진다. 요즘 시드니는 매매한다는 표지판이 붙기 바쁘게 집이 팔린다. 낡은 주택들은 어느샌가 허물어져 빈터가 되어 있다. 땅 면적이 넓은 주택이 헐린 자리엔 어김없이 유닛이나 아파트가 들어선다. 단독 주택이 지어질 때도 마당의 공간은 작고 건물이 면적 대부분을 차지한다. 새로 짓는 집은 세련된 외모와 편리한 구조가 좋지만, 어쩐지 나는 푸근한 여유가 느껴지지 않아 정이 가지 않는다. 더군다나 도로 가까이에 촘촘히 들어서는 아파트를 보면 숨이 막힌다. 호주까지 와서 서울에서처럼 숨 가쁘게 느껴지는 공간에 갇히고 싶지 않은데 빌딩 숲은 점점 주변을 좁혀오고 있다.

이민 와서 제일 인상적이었던 것은 집마다 자리한 뒷마당의 빨래 틀이었다. 튼튼한 쇠기둥에 커다란 사각의 파라솔처럼 펼쳐져 있는 빨래 틀은 이불을 여러 채 널어도 넉넉했다. 햇살이 좋은 날 빨래를 가득 널고 핸들을 돌리면 하늘로 향해 한껏 치켜 올라가 바람이 부는 대로 빙빙 돌며 반나절이면 빨래가 말랐다. 남편과 아이들의 옷가지들이 바람을 타고 펄럭이면 내 마음도 같이 하늘로 오르곤 했다. 새로 짓는 집은 사방으로 공간을 차지하는 옛날식 빨래 틀 대신에 건물 한쪽 벽에 부착된 모양으로 바뀌고 있다. 마당 한가운데를 차지하고 받쳐주던 빨래 틀이 사라지는 것이 마냥 아쉽기만 한 것은 그 처지가 내 모습 같아서일까.

텅 빈 것은 옆집뿐이 아니다. 아이들이 성장하여 떠나고 마침 남편마저 잠시 지방으로 일을 하러 가게 되어 집에 홀로 남게 되었다. 온종일 집에 있으면 들리는 소리는 새소리, 바람 소리, 이따금 지나가는 자동차 소리뿐이다. TV를 보며 한바탕 웃다가 빈집에 울려 퍼지는 내 웃음소리에 놀라 멈춘다.

지난 시간 집은 늘 사람들로 붐비었다. 사람 좋아하는 남편과 내 탓도 있지만, 한국에 살 때나 이민 와서도 마찬가지로 호젓하게 살아 본 적이 없었다. 해마다 12월이면 휴양을 목적으로 여름인 호주로 와서 몇 달씩 묵어가는 인척은 시집이나 친정을 가릴 것 없었다. 집은 잠시도 빌틈이 없었다. 처음엔 즐거운 마음으로 함께 했는데, 어느 순간 마음이 지쳐 고단한 상황에서 벗어나고만 싶었다. 어디 깊은 산속이나 한적한 시골로 들어가 살고 싶다고 속으로 되뇌곤 했다. 그러나 언제나 내 곁에 있을 것 같던 아이들도 결혼해서 떠나고 집도 예전처럼 북적이지 않는다. 이제 소원대로 조용해졌는데, 가슴 한구석 구멍 뚫린 것처럼 허전하기만 하다. 적막하고 고립된 상황이 낯설고 뭔가 해야 할 일을 잊은 것 같아 자꾸 주위를 둘러본다. 사람의 빈자리가 이렇게 클 줄 알았더라면, 좁은 마음으로 나 자신을 그리 닦달하지 않아도 좋았을 것을.

어제까지의 시간을 다 지운 빈터에는 어떤 모양의 집이 들어서고, 누가 와서 살게 될지 궁금해진다. 바람이 불자 집 앞에 팜 트리가 세차게 흔들린다. 나뭇가지 하나가 후드득 떨어져 뒹군다. 겨우 집 한 채 사라졌을 뿐인데, 바람의 세기도 어제와 사뭇 다르다. 문득 우리 집도 이참에 모두 허물고 다시 지어 볼까 하는 욕망이 인다. 또 다른 채움의 조짐이다. 마당 안쪽까지 길게 들어와 비치는 햇살을 타고 끝까지 터를 지키던 꽃들의 혼령이 어른거린다. 다 허물어진 내 안의 빈터를 조용히 들여다본다.

'뽑힐지언정 허물어지진 말아야지.' — 2021년 『문학과시드니』 창간호

손 이야기

뭉툭하다. 남편과 함께 손자의 돌 사진을 보다가 가족사진에 찍힌 내 손에 시선이 머문다. 무심코 늘어뜨린 손은 흡사 연장을 들고 있는 모양새다. 나는 사진을 찍을 때마다 늘 큰 손을 어떻게 두어야 할지 몰라 전전긍긍한다. 주먹을 쥐면 더 커 보여 뒤로 감추지만, 그것도 어색하기 짝이 없다. 손만 가까이 놓고 보면 크기도 하거니와 마디도 굵고 영락없는 남자 손이다. 설거지할 때 고무장갑을 끼는 것이 갑갑해서 맨손으로 하다 보니 거칠고 쭈글쭈글하다. 게다가 짧고 납작한 엄지손가락은 우리 가족 중 아무도 그렇지 않은데 나만 혼자 돌연변이다. 삼신할머니가 세상 밖으로 내보내면서 눈도장을 찍는 마음으로 나무망치로 한 번 꾹 눌렀던 모양이다.

결혼 전 직장 동료가 나를 보면 아가씨가 손이 그렇게 커서 시집가려면 큰일 났다고 놀렸다. 나는 그에게 그런 걱정하지 말라며 남자가 기생

오라비 같은 손을 가져서 참 좋기도 하겠다며 응수했다. 하얗고 기다란 손가락을 가진 그는 내게 관심의 표현으로 한 말이었지만, 내게는 그 말이 마음에 오래 남았다. 추운 겨울에 장갑을 낄 때면 손가락장갑은 손이 굵고 커 보여서 손모아장갑으로 나의 큰 손을 감추곤 했다. 남편을 처음 만나던 날도 남자 손이 나보다는 커야 한다는 마음으로 그의 손부터 바라보았다. 남편의 손은 제법 크고 기다란 손이었다. 결혼하고 첫딸을 낳았을 때도 꽉 오므려 쥔 아기의 손을 조심스레 펼쳐 보았다. 다행히 나를 닮지 않고 남편의 손을 닮은 것에 안도했다.

'섬섬옥수'는 내게는 꿈같은 단어이다. 아무리 성형 수술이 유능한 의사라고 해도 나같이 뭉툭한 손을 그렇게 바꿀 수는 없을 것이다. 나는 이 뭉툭하고 투박한 손으로 아이 둘을 길렀고 장사를 하는 남편의 일을 같이 돕고 살았다. 이민 와서는 여러 가지 일을 거치며 힘겨운 시간도 거뜬히 지나왔다. 호주에 와서 보니 가게에 오는 손님 중 간혹 나처럼 못생긴 엄지를 가진 사람을 볼 때가 있다. 그럴 때는 괜스레 반가워 내 엄지를 내밀어 보이고 함께 웃는다. 다시 생각해 보면 투박한 손 때문에 못 한 일은 없다. 큰 손 덕분에 거침없이 일을 잘한다는 인상을 주기도 하고 실제와는 달리 바지런한 손 같다는 말을 듣곤 한다. 뭉툭하고 못생긴 손이지만 내 손은 따뜻하다. 추운 날 내 손을 잡으면 차가운 마음도 녹을 듯 온기가 있다.

얼마 전 남편이 일하다가 사고로 오른손의 엄지손가락을 다쳤다. 그의 기다란 엄지손가락이 한 마디 짧아지는 큰 사고였다. 엄지 한 마디가 얼마나 중요한 것인지 사고가 난 후에야 알았다. 밥을 먹으려고 식탁에 앉아 수저를 드는 일도 쉽지 않았다. 숟가락을 손에 걸치듯 들고서 밥을 먹으려니 숟가락이 자꾸 미끄러졌다. 몸을 씻는 일은 대충 왼손과 병행해서 하지만, 옷을 입고 단추를 채울 때는 아내의 도움을 받아야 했다. 서류에 서명해야 할 때 오른손잡이인 그가 펜을 잡고 글씨를 쓰려면 삐뚤빼뚤 그림을 그렸다. 종이 한 장 집는 일조차도 엄지 손끝의 감각이 같이 움직여야 가능한 일이었다. 엄지는 물건을 집을 때 쥐는 힘의 근원이고 지탱하는 지렛대 역할도 한다. 무언가 제일 잘한다고 할 때 엄지 척! 하는 것 또한 거기에 모든 의미가 담겨 있지 않은가. 남편은 수술을 마치고 한참 지난 후에도 한동안 자신의 다친 엄지를 바로 보지 못했다.

수술은 잘 되었지만, 아직 재활 치료는 더 오래 해야 한다고 의사가 말했다. 퍼즐 조각을 맞추듯 나무 조각을 집어 구멍에 넣거나, 집게를 잡고 물건을 집어 올리고, 고무찰흙으로 밀가루 반죽하듯 손에 쥐고 주무르며 잘려나간 손끝의 감각을 대신하여 손힘을 키운다. 예전으로 원상 복귀는 안 되겠지만 열심히 재활 치료를 하면 빨리 회복될 거라는 믿음으로 운동을 한다. 남들의 시선도 꺼려서 밖에 나갈 때는 붕대를 감는다. 아직 선뜻 다친 손가락을 내게 보여주려 하지 않는다. 내가 밥 먹고 체했을 때 혼자서 바늘로 손가락을 찔러 피를 내는 걸 볼 때면 머리를 절레절레하며 기겁하고 도망가던 사람이다. 평소 겁이 많아서 벌레 한 마리도 죽이지 못하는 사람이 그런 사고를 당했으니 오죽하랴.

남편의 손을 끌어당긴다. 그동안 가족을 위해 헌신한 손이다. 따뜻한 내 손의 온기가 그에게 전해지도록 오래도록 마주 잡는다. 짧고 납작한 내 손보다는 여전히 긴 걸 뭐, 괜찮아 아주 괜찮아.

— 2020년 『한호일보』 9월

조선배추

배추 앞에서 발이 멎었다. 볼수록 탐스럽게 잘 생겼다. 시드니 7월, 이 맘때쯤의 배추는 그 튼실한 자태와 초록빛이 특히 아름답다. 다른 볼일로 나왔고, 집에는 아직 김치가 많이 남아 있음에도 마트 앞에서 싱싱한 배추를 보고 그냥 지나치지 못하고 있다. 얼마나 실한지 내 머릿속에서는 벌써 배추에 칼집을 넣고 있다. 칼끝에 힘을 주면 쩍 벌어지면서 드러날 노란 속살은 상상만으로도 즐겁다. 치마폭처럼 겹겹이 쌓인 초록 잎 속의 노랑은 여인네 속곳처럼 은밀하기까지 하다. 어느새 입에 침이 고인다. 노랑 속잎에서 나온 달큰하고 고소한 맛이 입안에 퍼지고 있다. 머리채를 잡고 슬쩍 칼집을 한 번 더 넣고는 풀어 놓은 소금물에 담근다. 소금에 절인 배추는 얼마나 탄력 있고 야들야들한가.

마트에 쌓인 배추 앞에 서서 나는 벌써 배추 한 통을 다 절이고 말았다. 나도 어쩌지 못하는 배추 사랑이다. 하긴 나는 여고 시절부터 별명이 배추, 그것도 조선배추였다. 그건, 배추의 빛깔이나 맛 때문일 리 없고 당연히 내 외모 덕이었다. 홀쭉이, 땅콩, 목련 등등 다른 친구들에게는 그런 별명이 붙여졌다. 그에 비해 내 통통한 몸집, 그리고 거기서 풍기는 조선 여자 향기가 난대나 어쩐다나. 못된 것들!

우리가 익히 알고 있는 속이 꽉 찬 배추는 사실 중국 종자인 호배추이다. 토종 조선배추는 잎이 길쭉해서 얼갈이배추와 비슷하며, 몸통이 결구되지 않아 벌어져 있다. 내 외모는 조선배추와는 다른 것이었다. 암튼 나는 순수 토종의 모습이란 걸로 이해하고 '조선배추' 이 별명을 여태 좋은 느낌으로 기억하고 있다.

사실 나의 지나치리만큼 심한 배추 사랑은 김치에 대한 애착 때문이다. 김치 통이 비어 있으면 숙제해야 할 일이 남아 있는 것처럼 불안하다. 김치냉장고에 배추김치는 물론 깍두기, 동치미, 열무김치, 갓김치, 오이소박이, 총각김치 등을 사시사철 꽉 채워 놓아야 안심이 된다. 은연중에 김치 통을 채우는 일이 살림의 기본 척도가 되어버렸다. 아이들이 결혼해서 나간 뒤 이제 두 사람만 남았는데 나의 김치 욕심은 여전하다. 이는 어쩌면 타국에서 내 정체성을 지키는 소극적인 나만의 방법이었는지도 모르겠다.

이민 초기에 배추를 편하게 구할 수 없는 지역에 살았다. 지금은 사는 지역마다 한국 식품점이 있어 편리하지만, 그때는 먼 거리까지 배추를 사러 가야 했다. 주말에 열리는 플레밍턴 청과물 시장을 자주 찾곤했는데 토요일에는 시드니 근교 윈저에서 농작물을 재배해서 가져오는 한국농장의 좌판도 있었다. 한국농장 좌판은 아침에 잠깐만 열었다가 닫는 바람에 새벽 공기를 가르고 서둘러 가야 했다. 그곳에 가면 마음에 드는 싱싱한 배추와 조선무를 식품점보다 좋은 값으로 살 수 있었다.

함께 이민 와서 브리즈번에 사는 내 동생의 김치 욕심도 대단했다. 그곳에서는 조선무를 구할 수 없다고 시드니에 내려올 적마다 조선무와 총각무를 욕심내어 잔뜩 사 가곤 했다. 이걸 보면 내 김치 욕심은 나한테만 있는 게 아니라 유전이나 가족력 같기도 하다.

김치를 만드는 재료 중 제일 구하기 어려운 것은 고춧가루였다. 내가 김치를 좋아하다 보니 그만큼의 고춧가루가 항상 필요했다. 한국농장에서 나오는 태양초가 있지만, 그 태양초를 넉넉히 사려면 봄부터 예약 주문을 해야 했다. 김치 준비로 고춧가루 소비가 많은 내게는 값도 비싸고 양은 턱없이 적게 느껴져 맘 놓고 쓸 수가 없었다. 식구들이 한국에 갔다 올 때면 나는 고춧가루를 제일 먼저 챙겼다. 서울에 사는 시아버님은 주말이면 고향인 포천에 내려가서 자식들에게 나눠 주려고 고추 농사를 하시는데, 그 고춧가루의 대부분은 호주에 사는 우리 차지였다. 그렇게 보내 주시는 고춧가루는 내겐 금(金)가루 같기만 했다.

지난여름 시드니는 이상기온으로 농작물 피해가 심했다. 그 여파로 배추의 질은 떨어지고 값이 폭등하여 김치는 그야말로 '금(金)치'였다. 식품점에서는 재빠르게 한국에서 건너온 김치로 사람들을 유혹했다. 값도 싸고 한국의 가을배추로 담은 김치라는 점은 사람들의 구매 욕구를 자극할 만했다. 나도 솔깃한 맘으로 사 와서 김치 통에 채워 넣었다. 배추 값이 폭등한 상황에서는 싸다고 하지만 한 박스 뜯어봐야 얼마

되지 않았다. 내가 담근 김치인 양 저녁상에 올렸다. 남편은 한입 먹어 보고는 바로 무슨 김치냐고 물었다. 나는 대답을 하지 않고 어물쩍 넘어갔는데, 며칠 뒤 함께 장을 보러 갔을 때 남편이 "김치는 당신이 담는 게 좋겠어."라고 해서 "입맛은 변하지 않았네." 하며 웃어 주었다.

신혼 시절 아무 때고 남편 친구들이 갑자기 놀러 오면 술상을 봐야 했다. 별달리 할 줄 아는 건 없고 후다닥 만들어 내놓은 게 김치찌개였다. 캐나다에 이민 간 남편의 친구는 그걸 기억하고 내가 해준 김치찌개가 고향처럼 그립다고 한단다. 호주 와서 오랜 기간 우리 집에서 함께 지낸 아들의 친구도 있었는데, 그 아이 역시 우리 집에서 먹던 김치 맛이 고향 맛 같다고 한다. 내가 만든 김치로 향수를 느낀다고 하니 고맙기도 하고, 마음이 뿌듯해지기도 한다.

한국에서 김장철이면 떠들썩하게 이웃들과 서로 돕고 정을 나누던 일은 이젠 다 추억이 되었다. 요즘도 그때처럼 김장하지만 비교할 수도 없이 적은 양이다. 밤새 절인 배추를 아침 일찍 일어나 손질하기 시작하면 아침밥을 차리기 전에 끝나버린다. 하긴 서로 모여 김장을 할 만큼 한가한 일상도 아니고, 이제는 많은 양의 김치가 필요하지도 않다. 해마다 하는 고된 김장은 오래전에 벗어 몸은 편해졌지만 어쩐지 조금 허전하고 쓸쓸하다.

시집간 딸아이는 여전히 김치에 집착하는 나를 보면, 김치는 그냥 김치일 뿐인데 뭘 그렇게 힘들게 만드느라 신경을 쓰냐고 타박하곤 한다. 하지만 김치를 해 놓고 식구들이 맛있게 먹는 모습을 보면 뿌듯하고 즐겁다. 얼마 전까지 모임이나 행사가 있을 때면 김치를 가져가곤 했다. 모두 맛있다며 내게 김치 장사를 해보면 어떠냐는 제안을 하는 사람이 꽤 있었다. 김치로 사업할 생각은 전혀 없지만, 그때마다 기분이 좋아 저절로 으쓱했다.

요즘은 외국인들도 김치 맛에 빠져 담는 방법을 알아내어 그들 나름의 김치를 만들기도 한다. 어느 날 같이 일하던 동료 웬디가 유튜브 보고 배웠다며 자기가 만든 김치를 먹어 보라고 내밀었다. 고춧가루를 넣긴 했지만 희멀건 빛깔이 김치는커녕 배추 샐러드에 가까웠다. 그래도 그 열의에 감동해서 엄지를 세워주었다. 한국 아줌마들이 김치 담그는 일을 게을리하다간 외국 사람들이 만든 김치에 감탄하는 그런 세상이 올 수도 있다.

성큼 배추 앞으로 다가간다. 7월이 다 가기 전 김장을 해야겠다. 갑자기 손길이 빨라진다. 쇼핑 트롤리에 치렁치렁 무청이 달린 시퍼런 무도 담고 탐스러운 배추도 욕심껏 담는다. 오늘은 아이들도 모두 부르고 김장하는 날의 기분을 살려 맛있게 속 쌈도 만들고 돼지고기도 삶아야겠다. 실한 배추를 쭉쭉 찢어 양념을 넣고 버무려 겉절이도 해야겠다. 노란 배추의 고소함에 쓸쓸한 마음이 덮어지도록 입이 미어지게 배추쌈을 먹어야겠다.

나는 조선배추 아줌마, 이름값 해야지. —2020년 『한호일보』 7월

함께 읽고
서로 나누는 이야기

■ 김미경의 「조선배추」에 대해

유금란 「조선배추」는 작가가 표현한 대로 작가의 모습과 너무 닮았습니다. 진솔하고 구수한 작가를 잘 아는 나는 김미경 님을 대변하는 데 이만한 글이 있을까 생각합니다. 수필이 자신을 고스란히 드러내는 솔직한 면이 매력이라면 조선배추는 그 중 으뜸일 것입니다. 한국에서 방문하는 분들이 여기가 한국보다 한국 음식을 더 많이 해먹는 것 같다는 말을 종종 합니다. 맞습니다. 저 또한 한국에서는 양가 부모님께 공수받아 먹던 김치를 이곳에 와서는 정말 열심히 담가 먹었습니다. 그런데 요즘에는 이곳도 많이 달라져서 대부분 사서 먹는데 작가는 지금도 김치를 담가 먹는 것을 고집합니다. 이 또한 작가가 글에서 말했듯이 이민자로서, 더 작게는 작가 개인으로서 정체성에 대한 미련일지 모릅니다. 도입부 배추속에 대한 과감한 표현이 이 작품을 더 매력 있게 합니다.

정동순 사람들의 감각 중에서 가장 오래 기억되는 것이 있다면 미각이지 싶습니다. 그것은 생존의 본능과도 관계됩니다. 이민 생활에서 우리가 얼마나 한국식 먹거리를 줄기차게 추구하며 사는지 저 자신의 경우를 생각해도 눈물겹습니다. 저는 어머니가 만들어 주던 고들빼기김치가 먹고 싶어 아예 고들빼기 재배를 하고 있습니다. 「조선배추」를 읽으면서 많은 공감이 가고 김 작가의 김치를 좀 얻어먹고 싶은 마음이 간절합니다. 작가의 별명이 또 조선 배추라니 이 글은 여러 면에서 상징성이 있고, 글의 묘사와 전개가 막힘이 없어 좋습니다.

■ 김미경의 「손 이야기」에 대해

김홍기 「손 이야기」를 읽으며 내 손을 바라보았습니다. 내게도 늘 신경 쓰이는 왼손 약지가 있습니다. 중학교 때 굴러온 바위에 끼어 뭉개지면서 손가락이 안쪽으로 굽어졌습니다. 그것 때문에 왼손을 늘 주머니에 넣고 다녔습니다. 고등학교 다닐 때는 공연한 오해를 받아 놀림을 받기도 했지만 좀처럼 남에게 보여주지 못했습니다. 저와 같은 문제를 글의 소재로 삼았기에 크게 공감했습니다. 김미경 님의 수필은 진솔하고 꾸밈이 없어 좋습니다. 마치 친구가 들려주는 이야기처럼 재미있고 다정하고 따뜻합니다. 이런 점에서 내가 늘 배우는 자리에 있어야 하는 이유입니다.

■ 김미경의 「빈터」에 대해

홍진순 우리가 그냥 지나치는 일상의 사물이나 사건을 김미경 님의 눈과 마음은 놓치지 않는 것 같아요. 주변 사물이나 상황에 대한 묘사나 감정표현에 전 늘 놀라울 뿐이에요. 잔잔하고 진솔한 삶의 단편이 가슴을 적셔옵니다.

■ 김홍기의 「열쇠가 지붕 위에 올라앉은 날」에 대해

홍진순 김홍기 님은 참으로 많은 얘기와 경험을 지니신 분으로 다채로운 사건 속으로 늘 새롭게 우리를 끌어들이고 있습니다. 이민생활의 어려움이 묻어있는 글 속에도 항상 해학이 숨어있어 그 삶이 힘들게 느껴져 오지 않음은 선생님의 뛰어난 재능인 것 같아요. 그리고 항상 긍정의 끝맺음으로 따뜻한 여운을 남기는 능력 또한 대단하십니다. 독일 셰퍼드도 꼬리를 내리게 한 꼬마 강아지의 강단이 주인공을 닮아서 눈물나게 웃었습니다.

■ 김흥기의 「질긴 것」에 대해

김미경 김흥기 님의 글은 우리가 잊고 있던 지나온 시간을 떠올리게 합니다. 염소를 팔러 장에 갔다가 끌려가지 않으려고 버티어 차마 떼어내지 못하고 다시 데려오는 대목은 뭉클합니다. 누나의 이야기에서는 아무리 집안 형편이 어려워도 아들은 꼭 대학을 보내고 딸은 적당히 공부하고 시집을 가기를 바라던 그 시절 부모님들의 모습이 보입니다. 누나가 그토록 벗어나고 싶어 하던 마음도 그런 연유에 있지 않을까 생각합니다. 그러니 사랑만큼은 자신의 주장대로 하고 싶었을 겁니다. 가장 챙겨주지 못한 자식이 부모님 곁에 끝까지 남아 효도하지요. 이 두 개의 에피소드는 질긴 것들에 대한 글이지만 그것은 애정이고 연민이며 안타까움으로 읽힙니다. 글 속에서 나오는 무심한 듯 투박한 사투리도 따뜻합니다. 질긴 것은 '정'이었습니다. 가족의 이야기를 담담하게 풀어내는 김흥기 님의 문체에 힘이 느껴집니다.

유금란 김흥기 님의 글을 접할 때마다 나는 여러 번 놀랍니다. 우리가 지나온 세월의 한 지점을 너무 세밀히 기억하고 있어서입니다. 아마도 그것은 작가의 세심한 관찰력과 예민한 감수성 때문인 것 같습니다. 우린 누구나 흔하지 않은 나만의 가족사가 있을 것입니다. 다만 그것을 어떻게 가져다가 어떻게 엮느냐는 작가의 역량이라고 봅니다. 이 글에는 염소를 팔러 갔다 다시 데려온 엄마, 허락하지 않는 사랑을 택한 누나 등 가족 간의 갈등이 조밀하고 질기게 이어져 있습니다. 무엇보다도 진솔하게 표현한 용기 덕분에 읽는 사람의 마음을 울립니다. 다른 작품에 등장하는 순금이나 고교 동창생처럼 앞으로 또 어떤 인물이 나올지 기다려집니다.

정동순 김홍기 님의 모든 수필은 에피소드가 참 재미있습니다. 작품을 통해 만난 작가의 어머니는 생활력이 강하지만, 팔았던 새끼 염소가 울어대자 가여워서 돈을 돌려주고 다시 염소를 데리고 옵니다. 「짜장면을 생각하면 순금이가 따라 온다」라는 작품에도 어머니는 정이 많은 분으로 사람의 도리를 제대로 하시며 사신 분 같습니다. 작가는 독자에게 재미있는 이야기를 뚝 던져 주지만 글이 끝나면 마음에 깊은 여운이 남습니다. 제목을 '질긴 것'이라 한 것도 좋습니다.

■ **유금란의 「바다의 기척」에 대해**

김미경 강화에서 태어나 인천에서 자라고, 바다를 건너 호주에 사는 유금란 님은 태생부터 바다를 품고 산 사람입니다. 고국을 떠나 살고 있어도 그의 생각과 마음속에 자리한 바다는 틈틈이 또는 불쑥 허기로 모습을 드러내지만, 그것은 그리움의 표현입니다. 그가 글에서 그려내는 고향 강화의 풍경은 손에 잡힐 듯 또렷하고 비릿한 냄새까지 전해집니다. 바다를 고향으로 가진 사람들은 감성이 더 풍부한 것 같습니다. 그의 수려한 문체는 바다 속을 헤엄치는 물고기처럼 막힘이 없고 활발합니다. 맏딸이 오는 날은 병어회를 뜨던 아버지, 이민 온 후에도 노루매기 바다의 선물을 보내시던 그 아버지는 이제 이세상에 없습니다. 아버지를 그리워하는 딸의 마음이 진하게 느껴집니다. 세상의 모든 딸은 아버지를 닮았습니다. 아버지의 성품마저 닮은 작가는 바다의 기운으로 이국의 땅에서 아버지를 떠올려 글을 씁니다. 지금 서 있는 시드니 해변에서 그의 고향 노루메기 언덕이 있는 그 바다 물길까지는 먼 땅입니다. 그러나 바닷물은 결국 돌고 돌아 다시 옵니다. 그렇게 소식을 전하고 받는 거겠지요.

■ 유금란의 「윈더미어 호수의 시」에 대해

정동순 이 글은 제가 처음 접한 유금란 님의 글입니다. 여행수필로 여정도 잘 드러날 뿐만 아니라 작가의 감성이 팔딱팔딱 살아있습니다. 경험한 사실을 적는 데서 끝나는 글과 문학작품으로서의 수필이 어떻게 다른지를 잘 보여주고 있습니다. 사막 같은 먼 길을 독자가 따라가는데도 하나도 지루하지 않습니다. 본인이 본 것과 느낀 것을 서술하고 묘사할 때 화자는 자신만의 화법으로 시원하고 당당하게 글을 전개합니다. 그래서인지 그림을 보는 듯 이미지가 선명하게 떠오르고, 자연스럽게 화자의 감정에 몰입하게 됩니다.

■ 유금란의 「족발 권력」에 대해

김홍기 유금란 님 글에는 상식을 한뼘 넘어선 정보가 들어 있습니다. 「족발 권력」도 그렇습니다. 족발은 한바탕 김이 빠져나가야 살갗이 탱탱해진다거나, 발가락을 포함한 다리 전체를 의미한다는 등의 정보는 경험이 바탕에 있어야만 가능한 것 같습니다. 어떤 모임이든 그 모임을 이끄는 주도자가 있기 마련입니다. 부엌에서 요리하는 사람들도 마찬가지일 것입니다. 출석하는 교회 주방에는 요리를 맛있고 빠르게 만드는 권사님이 계십니다. 그 분은 같은 또래 봉사자를 모으고 주도해 갑니다. 이렇듯 작가가 맛있는 음식으로 식구들을 사랑을 잡아두려는 모습을 권력에 비유한 혜안이 날카롭습니다. 끝까지 주제를 감싸고 풀어가는 에피소드는 유금란 님 수필의 마력이라고 생각합니다. 풍부한 서정과 사유가 글 격을 한층 높여주어 매번 도전을 받습니다.

■ 유금란의 「뜨거운 날은 가고」에 대해

홍진순 유금란 님의 작품은 모두가 수려하지만, 그중에서도 제가 이 수필을 선택한 것은 읽는 동안 제 살이 타는 듯한 느낌이 들어서예요. 자주 들려오는 오스트레일리아의 산불 뉴스는, 여름이면 어디에선가 홍수가 났다는 정도의 일상의 식상한 이야기로 듣고 넘겼는데 그 필력으로 냄새까지 가져오니 완전 전율로 바뀌었어요. 그래서 붓의 힘이 얼마나 큰가를 재확인했구요. 주변의 실체 묘사와 사회적인 안목, 개인의 감성까지 포함된 이 글이 마력처럼 저를 작품 안으로 끌어당겼어요.

■ 정동순의 「호박이 넝쿨째 굴러갔다」에 대해

김미경 텃밭에 채소를 키우는 정동순 님은 평소에도 길을 가다가 좋은 흙을 만나면 고개가 저절로 돌아간다니 진짜 농부의 마음입니다.

이웃에서 가져온 퇴비에서 호박싹이 나서 자라고, 그 넝쿨이 본가를 찾아가듯 울타리를 넘어가 열매를 맺는다는 장면은 재밌습니다. 텃밭 풍경은 인종이 다양한 이민자들이 서로 어울려 사는 모습과 닮아 흥미롭습니다. 토양을 살찌우는 퇴비를 만들고 공들여 텃밭을 가꾸는 풍경은 야무지고 성실하게 글을 쓰는 그의 실제 모습과 같아 보입니다. 호박이 넝쿨째 넘어갔으니, 호박잎쌈이나 먹어야겠다는 마지막 구절을 읽으며 이분은 미국 땅에서도 이렇게 유쾌하게 잘살고 있구나! 하며 웃었습니다.

유금란 복잡하지 않은 시애틀 외곽에서 소박한 정원을 가꾸고 사는 작가의 모습이 한눈에 들어옵니다. 정원의 생산력을 높이기 위해 흙에 욕심을 내는 작가의 삶이 누구보다 풍성해 보입니다. 한 담장을 두고 오가는 이웃과의 소통이 정답기만 합니다. 정동순 님의 다른 글 전반에 녹아 있는 따뜻함과 진지함이 이 글에서도 여지없이 보입니다. 좋은 흙을 탐내는 모습은 요즘 아이들이나 아파트형 도시인들은 이해하기 어려울 것입니다. 그 모습이 너무 진지해서 함께 행복해집니다. 거기에서 자란 호박이 옆집으로 넘어간 것을 두고 호박이 자기의 근본을 찾아갔다고 하는 발상이 아주 재치 있습니다. 관찰과 사유를 부지런히 하는 작가가 자신의 글을 경작하는 힘일 것입니다. 나는 정 작가의 이민생활에 얽힌 다양한 체험이 녹아 있는 『어머, 한국 말하시네요』라는 수필집을 통해 이미 애독자가 된 1인입니다.

■ 정동순의 「호미와 연필」에 대해

김홍기 이 수필을 읽으며 우리 어머니를 생각했습니다. 그 시대를 건너온 농촌 부녀자들은 빈부를 불문하고 차별받고 살지 않았을까 생각했습니다. 엄마가 땡볕에 쪼그린 오리걸음으로 긴 밭이랑을 매는 모습이 눈에 선합니다. 동네 아주머니들과 소곤소곤 이야기하며 김을 매다가 해 저물어 가면 구슬픈 노랫소리가 산밭에 흩날렸습니다. 그 소리가 서글퍼 장끼라는 산꿩도 울었으니까요. 정동순 님의 글에서는 미세한 숨소리까지 묘사하는 디테일이 있어 마치 영상을 보는 것 같습니다. 물 좋은 시애틀에서 텃밭을 가꾸며 글을 쓰는 작가님의 일상을 그려보곤 합니다. 어머니가 오랫동안 사용하여 날이 깻잎처럼 작아져 도무지 땅을 파지 못하는 호미를 가져와 어머니를 만나고, 이제는 연필로 글밭을 일구는 작가님의 모습을 상상해 봅니다. 달팽이를 보고도 닭 모이를 생각하는 소박한 작가님, 많이 배우고 있습니다.

■ 정동순의 「굴뚝 수리」에 대해

홍진순 정 작가의 글은 팔딱팔딱 살아있어요. 신선하고 상큼한 반전이 들어 있어서 더 맛깔스러워요. 남자들의 전용이다 싶은 지붕의 굴뚝수리를 거뜬히 해치운 여장부는 남편에게 조금의 불평도 없이 맥주까지 공수받으며 만족해하는 모습이 귀여운 여인의 표본 같아요. 낡은 굴뚝과 나이 들어가는 자신의 모습을 비교한다거나 동서양의 굴뚝의 차이처럼 서로 다른 정서도 문제없이 소화시켜 나가거나 하는 작가의 현명함이 시원하게 전해져요.

■ 홍진순의 「사랑 역시도 불고기를 통해서 온다」에 대해

김미경 단숨에 글 속에 빨려 들어갔습니다. 사랑을 얻고 마음을 전달하는 매개체가 된 불고기. 홍진순 님의 화법으로 그려진 배경의 세밀한 묘사는 글을 읽는 재미를 더합니다. 코리안의 불고기는 역시 이민자들의 자부심이지요. 이민자들에게 음식은 또 다른 언어입니다. 그 시절 유럽에는 한국인 이민자도 흔치 않았을 텐데, 그동안 외로웠을 시간들도 미루어 짐작됩니다. 유쾌한 문체로 써 내려가지만 글 바탕에 깔린 이민의 정서는 한국을 떠나 살고 있는 제게도 전해져 그만 쿨럭 기침을 합니다.

유금란 익살과 해학 그리고 진솔함에 한눈을 팔지 못하고 읽었습니다. 정말 매력 있는 글입니다. 이 글도 다른 홍진순 님의 글과 같이 파닥거립니다. 본인은 한사코 부족하다고 하는데 다듬어지지 않은 듯하면서 결코 흐트러짐 없는 글은 홍진순 님만이 가진 장점입니다. 무엇보다도 재미가 있습니다. 주제와 소재가 남다른 이유도 있겠으나 글을 전개하는 힘이 남다릅니다. 타고난 이야기꾼처럼 지점마다 절묘한 반전과 어휘가 있습니다. 그건 어쩌면 작가가 유럽인과의 결혼생활을 하면서 터득한 처세술일지 모릅니다. 그래서인가 작가의 작품을 읽다 보면 슬그머니 웃음을 짓다가 갑자기 멈추어 생각하게 하는 지점이 있습니다. 그러고는 묘한 슬픔이 느껴집니다. 아마도 작가의 연륜이 만만치 않아서일 것입니다. 불고기로 사랑을 잡았다고 익살스럽게 표현한 작가가 수필도 한 편 잡아 올린 것 같습니다.

정동순 홍진순 님의 수필에는 서사가 있습니다. 등장인물의 심리와 배경 묘사의 디테일이 훌륭합니다. 그래서 홍 작가의 수필은 한 편의 콩

트처럼 유머가 있고 읽는 재미가 있습니다. 이는 수필가로서 홍 작가의 강점입니다. 한편으로는 서술한 사건의 의미화 형상화는 홍 작가가 더욱 발전할 여지가 있는 부분이 아닐까 생각합니다.

■ 홍진순의 「분재」에 대해

김홍기 코로나 시대를 함께 건너면서 외롭게 투병하는 모습이 가슴을 후볐습니다. 언어의 불편을 감수하면서 격리 병실에서 홀로 견디는 모습에서 오년 전 사고로 석 달 동안 병실에서 지낼 때의 내 아픔이 떠올랐습니다. 당시 생사의 갈림길에서 느낀, 그런 공감 말입니다. 특히 병문안 오신 분이 선물해 주신 분재를 보고 삶을 반추한 모습이 인상 깊었습니다. 어려운 시대를 살아오면서 가난이라는 무게를 견뎌야 했던 나에게는 공감을 넘어 감동이었습니다. 홍진순 님 글에는 슬픔도 해학으로 묘사하는 능력이 탁월합니다. 앞으로 나무로 살기를 원하는 홍 작가님을 응원합니다.

수필U시간을 함께 하면서

김미경   김홍기   유금란

정동순   홍진순

홍진순 코로나로 받은 가장 큰 혜택이 저에게는 바로 이 동인들과 함께 하는 비대면 원격 모임일 겁니다. 어느 것에서든 전부가 다 나쁠 수는 없다는 제 인생관을 받침해주는 또 하나의 계기가 되었습니다. 처음엔 함께 한 동인들의 글 솜씨에 기가 죽기도 했지요. 그러나 격려와 칭찬이 글을 쓰는 힘도 되고 삶의 엑기스가 되었어요. 그러나 불행히도 지난해, 2020년 11월에 코로나 확진이 되었어요. 처음엔 별 증상이 없어서 자가격리로 있었는데, 일주일 후 의식불명으로 구급차에 실려 격리병동 중환자실에 3주간 폐부전으로 입원했어요. 산소공급을 받고 스테로이드 주사를 맞으며 삶과 죽음 사이를 오갔지요. 3주 뒤 음성으로 판정되고 보행기로 겨우 걸을 수 있는 상태가 되어 퇴원했어요. 시간마다 몰려오는 피로감에 의욕 없이 지내다가 8주 정도 잦은 요양치료를 받았는데요. 지금은 많이 좋아졌는데, 서너 시간 만 깨어 있으면 피로가 급격히 몰려오는 상태가 되네요. 남편도 동시에 코로나 확진이 되었는데 증세가 심하지 않게 넘어가서 일상으로 복귀를 했더니만, 유감스럽게도 후각신경이 회복되지 않은 상태입니다. 이러한 코로나를 겪고 나서 수필 몇 편을 썼는데 그 중 두 편을 수록했습니다. 「분재」는 코로나를 앓으면서 경험한 것을 쓴 것입니다. 「우리 집 정원의 작은 기적」도 격리되었다가 나와서 집에서 요양할 때 쓴 것인데, 생물들의 강인한 생명력이 눈물겹게 다가오더군요. 동인 모임을 시작하고 몇 달 만에 코로나를 만나면서 많이 빠지기도 하고 작품 제출도 늦고 그랬지만, 동인들의 글을 읽는 것이 삶의 재미였습니다. 동인들이 각자 이국에서 겪는 아픔과 고통을 어떻게 소화해 나가는지, 많이 배울 수 있는 좋은 기회였어요. 또 한 혼자라는 외로움도 줄었어요. 저는 모국어가 일상의 언어가 아닌 생활을 오래 해서 모국어로 표현하는 어휘나 문장이 잘 떠오르지 않아 매끄럽게 흘러가질 않아요. 사물에 대한 관찰이나 사고를 표현하려 해도 깊이 있게 들어가질 못하고 겉만 맴도는, 물 위의 기름 같아요. 이건 독일어를 구사할 때도 마찬가지입니다. 경계인의 숙명이랄까요! 동인들의 어휘와 문장에 놀라워하며 정말 많이 배우고 있습니다.

정동순 코로나19로 세상이 봉쇄되었을 때, 각 대륙에 있는 문인 몇이 줌으로 한 자리에 모였습니다. 그때만 해도 우리 모임이 이렇게 지속되리라고 생각하지 못했습니다. 세상 저편에 밤과 낮이 다르고 계절도 다른 곳에 사는 우리의 공통점은 이민자라는 삶을 살고 있고 수필을 쓰는 점이었습니다. 그런데 그 두 지점이 우리를 단단하게 뭉치게 했습니다. 한 지역에만 살던 사람이 세상 여행을 떠나면서 느끼는 즐거움 같은 것이 우리 모임에 있었습니다. 모임 초기는 시애틀 시간으로 금요일 저녁 10시에 모였습니다. 금요일 일과가 다 끝나고 휴식할 시간도 없이 허겁지겁 초고를 쓰곤 했습니다. 모임은 자정을 훌쩍 지나 끝났습니다. 저는 일찍 자고 일찍 일어나는 얼리버드라 한밤중 모임으로 생활의 리듬이 흐트러져 다음날은 새벽 기도회도 빠지고 하루 종일 피곤했습니다. 모임 동안에도 졸립고 집중도가 떨어졌습니다. 모임이 토요일로 옮겨지고 나서 좀 숨통이 트였습니다. 쉽지 않은 모임을 계속할 수 있었던 것은 글벗들과 글로 소통하는 일이 참 즐거웠기 때문입니다. 이번 동인 수필집 발간은 코로나 시대를 지나는 하나의 이정표 같은 의미가 있다고 생각합니다. 앞으로 문우님들과 함께 모여 여행할 날을 상상해 봅니다. 이 인연에 감사합니다.

유금란 시드니는 지금 갑자기 늘어난 코로나 확진자들로 락다운이 길어지고 있습니다. 비대면 모임이 어느덧 우리의 중요한 모임 방법이 되었습니다. 1년 전쯤, 시드니에 1차 봉쇄 조치가 내려졌을 즈음, 모국 한 교수님의 제안으로 줌 미팅을 갖게 되었습니다. 처음엔 잠깐 비대면 연습을 할 요량이었습니다. 그런데 막상 시작해보니 다른 대륙에서 다른 시간대를 사는 분들과 동시에 만나 글 이야기를 나누는 것이 아주 신선하고 즐거웠습니다. 이렇게 나와는 다른 느낌의 문우님들과 작품을 나누면서 '수필U시간'이란 이름도 만들게 되었습니다. 동인들의 나와 같으면서 다른 생각을 들여다보면서 처음 이곳에 와서 문우들을 만났을 때와 비슷한 설렘을 갖습니다. 코로나가 가져다준 의외의 선물입니다. 새로이 글을 쓰는 다짐도 하게 되었습니다. 이제 수필은 놓으려야 놓을 수 없는 나만의 이미지가 되었습니다. 풀타임으로 일하면서 글 쓰는 일이 쉽지는 않지만 이민자인 내게 수필 쓰기는 삶의 기록이자 고백이고 비상구입니다. 앞으로 코로나 시대가 끝나더라도 이런 교류가 많아졌으면 좋겠습니다. 해외에서 한국어로 글을 쓰는 문우들과의 관계망을 넓히는 좋은 사례가 될 것입니다.

김홍기 청일점으로 참여하면서 문우들이 다소 불편할 수도 있겠다 생각했습니다. 그것은 나만의 기우였습니다. 문학이라는 공동의 지향점을 두고 함께 걷는 길에 성별은 무의미한 것 같습니다. 일상에서 만나는 모든 것에서 글의 소재를 찾는다는 한 문우의 조언은 내게 주어진 환경을 미세하게 관찰하는 습관이 생겼습니다. 저녁 식탁에 앉아 나누는 가족 간의 대화에서도 글의 소재를 찾는 나를 발견하곤 합니다. 서툰 원고를 써내고 합평하며 듣는 조언은 나를 가꾸어가는 밑거름이 되고 있습니다. 수필이 주는 또 하나의 매력이 아닐까 생각합니다. 서로 다른 문화권에서 한국어 글쓰기의 열정을 불태우는 문우들을 보면서 끈끈한 동지애를 느꼈습니다. 코로나 팬데믹을 지나면서, 이런 기적 같은 일을 위해 힘써 주신 교수님께 마음을 다하여 감사를 드립니다. 형편없는 졸고에도 늘 격려해주고 스스럼없이 대해주는 동인들이 이제는 가족처럼 편안해져 다음 만남을 기다리는 내가 되었습니다.

김미경 제 글은 아직 많이 어눌하지만 제 마음을 표현하는 일에는 솔직하고 싶습니다. 어설픈 포장이 아니라 허점투성이의 모습을 꺼내 보이는 것입니다. 일상에서 마주치는 주변 사물에 대한 관찰 또한 게을리 하지 않겠습니다. 나이 들면서 느끼는 지금의 감정을 부족하면 부족한 대로 기록하겠습니다. 시드니는 코로나 때문에 지역 간의 이동이 완전 봉쇄되어 '감금의 시대'를 살고 있는데, 비대면으로 모여 글을 나눌 수 있어서 얼마나 다행인지 모릅니다. 각 대륙에 떨어져 있는 우리를 한데 모아 글로 인연을 만들어 주신 교수님 고맙습니다. 홍진순 님이 사는 오스트리아 빈은 바로 손만 뻗으면 닿을 것처럼 가깝게 느껴집니다. 시애틀은 영화의 제목으로만 기억하는데, 지금은 정동순 님네 뒷마당 풍경이 떠오르고 마당을 휘젓고 다니는 애완닭 봉구의 안부가 궁금합니다. 줌 모임에서 청일점으로 우리들 이야기의 중심에서 늘 환한 웃음을 짓는 LA의 김홍기 님과 저와 함께 시드니에 사는 든든한 글벗 유금란 님까지 모두 고맙습니다. 앞으로도 우리가 글을 통해 교감하며 서로 발전하는 힘이 되기를 희망합니다. 바다를 건너 만난 우리의 글을 이렇게 책으로 엮게 되어 설레고 즐겁습니다.

수필U시간 동인작품집 1

바다 건너 당신

초판 1쇄 발행 2022년 1월 20일
　　　 2쇄 발행 2023년 8월 15일

지은이 김미경, 김흥기, 유금란, 정동순, 홍진순
펴낸이 임현경　　**책임편집** 홍민석　　**편집디자인** 육선민
캘리그라피 김미아

펴낸곳 곰곰나루
출판등록 제2019-000052호 (2019년 9월 24일)
주소 서울특별시 양천구 목동서로 221 굿모닝탑 201동 605호 (목동)
전화 02-2649-0609
팩스 02-798-1131
전자우편 merdian6304@naver.com
유튜브채널 곰곰나루

ISBN 979-11-977020-2-0

책값 15,000원